AMOR HEREDADO

KATE HEWITT

Editado por Harlequin Ibérica.
Una división de HarperCollins Ibérica, S.A.
Núñez de Balboa, 56
28001 Madrid

© 2016 Kate Hewitt
© 2017 Harlequin Ibérica, una división de HarperCollins Ibérica, S.A.
Amor heredado, n.º 2544 - 17.5.17
Título original: Inherited by Ferranti
Publicada originalmente por Mills & Boon®, Ltd., Londres.

I.S.B.N.: 978-84-687-9540-9
Depósito legal: M-7438-2017
Impresión en CPI (Barcelona)
Fecha impresion para Argentina: 13.11.17
Distribuidor exclusivo para España: LOGISTA
Distribuidores para México: CODIPLYRSA y Despacho Flores
Distribuidores para Argentina: Interior, DGP, S.A. Alvarado 2118.
Cap. Fed./Buenos Aires y Gran Buenos Aires, VACCARO HNOS.

Capítulo 1

SIERRA Rocci miró el vestido blanco que estaba colgado en la puerta del armario e intentó reprimir la sensación de nerviosismo que se había instalado en su estómago. Al día siguiente se celebraba su boda.

Llevándose la mano al pecho, se volvió para mirar por la ventana y contemplar los jardines oscuros de la casa que su padre tenía en la calle Via Marinai Alliata de Palermo. La noche era cálida y no soplaba ni una brisa de aire. Tanta quietud era inquietante, y Sierra intentó ignorar el nerviosismo que la invadía por dentro. Ella había elegido aquello.

Aquella noche había cenado con sus padres y Marco Ferranti, el hombre con el que iba a casarse. Todos habían conversado tranquilamente y Marco la había mirado con delicadeza, como haciéndole una promesa. «Puedo confiar en este hombre», había pensado. Tenía que hacerlo. En menos de veinticuatro horas tendría que prometerle su amor y fidelidad. Y su vida pasaría a estar en manos de él.

Sierra conocía el coste de la obediencia. Esperaba que Marco fuera realmente un caballero. Él había sido amable con ella durante los tres meses de noviazgo. Amable y paciente. Nunca la había presionado, excepto quizá aquella vez que la besó a la sombra de un árbol mientras paseaban por el jardín. Fue un beso apasionado, y sorprendentemente excitante.

Experimentó un nudo en el estómago, a causa de un temor totalmente diferente. Tenía diecinueve años y solo la habían besado un par de veces. Era completamente inexperta en cuestiones de dormitorio, pero el día del árbol Marco le había dicho que, la noche de bodas, sería paciente y delicado con ella.

Sierra lo había creído. Había elegido creerlo en un acto de voluntad, para asegurarse el futuro y su libertad. Sin embargo... Sierra miró hacia el jardín percatándose de que el miedo y las dudas se apoderaban de una parte de su corazón. ¿Conocía realmente a Marco Ferranti? La primera vez que lo vio en el jardín del *palazzo* de su padre, se fijó en que una gata se había restregado contra las piernas de Marco. Él se había agachado para acariciarle las orejas y el animal había ronroneado. Su padre le habría dado una patada a la gata, y habría insistido en que ahogaran a sus gatitos. El hecho de que Marco hubiera mostrado un gesto de ternura cuando pensaba que nadie lo estaba mirando, había provocado que Sierra sintiera una chispa de esperanza en su corazón.

Sabía que su padre aprobaba su matrimonio con Marco. No era tan ingenua como para no darse cuenta de que había sido él quien había empujado a Marco hacia ella, sin embargo, ella también había tomado una elección. En la medida de lo posible, había controlado su destino.

El primer día que se conocieron, él la había invitado a cenar y en todo momento había sido atento y cortés con ella, incluso cariñoso. Ella no estaba enamorada de él, y no tenían ningún interés en aquella peligrosa emoción. Sin embargo, quería salir de la casa de su padre y casándose con Marco Ferranti lo conseguiría... Si es que podía confiar en él de verdad. Al día siguiente lo descubriría, una vez hubieran pronunciado los votos y cerrado la puerta del dormitorio...

Sierra se mordisqueó los nudillos al sentir que una ola de temor la invadía por dentro. ¿De verdad sería capaz de hacer aquello? ¿Cómo no iba a hacerlo? Retractarse implicaría enfrentarse con la ira de su padre. Iba a casarse para ser libre y, sin embargo, no era libre para echarse atrás. Quizá nunca llegara a ser verdaderamente libre, pero ¿qué otra opción tenía una chica como ella, con diecinueve años y totalmente apartada de la sociedad y de la vida? Protegida y atrapada al mismo tiempo.

Oyó que la voz de su padre provenía desde el piso de abajo. Aunque no era capaz de discernir las palabras, solo el sonido de su voz bastaba para que se pusiera tensa y se le erizara el vello de la nuca. Entonces, oyó que Marco contestaba y que su tono era algo más cálido que el de su padre. A ella le había gustado su voz desde el primer momento en que lo conoció. También le había gustado su sonrisa y la manera en que iluminaba su rostro.

Ella había confiado en él de forma instintiva, a pesar de que trabajaba para su padre y de que, como él, era un hombre con mucho encanto y mucho poder. Ella había tratado de convencerse de que él era diferente, pero ¿y si se había equivocado?

Sierra decidió salir de su habitación y se apresuró para bajar al piso de abajo. Se detuvo en el rellano de la escalera para que su padre y Marco no la vieran y escuchó con atención.

—Me alegra darte la bienvenida a nuestra familia como a un verdadero hijo.

El padre de Sierra se mostraba autoritario pero encantado, como un papá benévolo lleno de buenas intenciones.

–Y yo me alegro de ser bienvenido.

Sierra oyó que su padre le daba una palmadita a Marco en la espalda y que se soltaba una risita. Ese sonido tan falso que ella conocía tan bien.

–*Bene*, Marco. Siempre y cuando sepas cómo manejar a Sierra. Una mujer necesita una mano firme que la guíe. No se puede ser demasiado amable con ellas porque si no se aprovechan. Y eso no es lo que quieres.

Aquellas aborrecibles palabras le resultaban terriblemente familiares, y su padre las había pronunciado con absoluto control.

Sierra se puso completamente tensa mientras esperaba la respuesta de Marco.

–No se preocupe, *signor* –dijo él–. Sabré manejarla.

Sierra se apoyó en la pared al sentir que el miedo la invadía por dentro. «Sabré manejarla» ¿De veras pensaba igual que su padre? ¿Que ella era como un animal al que debía domar para que lo obedeciera?

–Por supuesto –contestó Arturo Rocci–. He sido yo quien te ha elegido como hijo. Esto es lo que quería, y no puedo estar más satisfecho. No tengo ninguna duda acerca de ti, Marco.

–Me halaga, *signor.*

–Papá, Marco. Puedes llamarme papá.

Sierra se asomó desde el rellano y vio que los hombres se abrazaban. Después, su padre le dio a Marco otra palmadita en la espalda antes de desaparecer por el pasillo hacia el estudio.

Sierra observó a Marco y se fijó en su pequeña sonrisa, en su mentón cubierto de barba incipiente y en sus ojos grises. Se había aflojado el nudo de la corbata y se había quitado la chaqueta del traje. Parecía cansado, y tremendamente masculino. Sexy.

Sin embargo no había nada de sexy en todo lo que había dicho. Un hombre que pensaba que las mujeres deben ser domadas no resultaba para nada atractivo. Sierra sentía un nudo en el estómago provocado por una mezcla de temor y rabia. Rabia hacia Marco Ferranti, por pensar igual que su padre, y rabia hacia sí misma por ser tan ingenua y pensar que conocía bien a un hombre al que apenas había visto durante unas cuantas citas. Además, era evidente que Marco se había esforzado por mostrar lo mejor de sí mismo. Sierra había llegado a pensar que había sido ella quien lo había elegido, sin embargo, se daba cuenta de que la habían engañado. Quizá su prometido era tan falso como su padre y le había mostrado la cara que ella quería ver mientras ocultaba al hombre verdadero que era. ¿Llegaría a descubrirlo? Sí, cuando fuera demasiado tarde. Cuando estuviera casada con él y ya no tuviera escapatoria.

–¿Sierra? –Marco arqueó una ceja y la miró con una sonrisa que formaba un hoyuelo en su mejilla. La primera vez que Sierra se fijó en su hoyuelo le pareció que lo hacía parecer más amigable. Y amable. A ella le había gustado más gracias a ese hoyuelo. Se sentía como una niña ingenua que había pensado que tenía cierto control sobre su vida cuando, en realidad, había sido una mera marioneta.

–¿Qué haces aquí escondida? –preguntó él, y le tendió la mano.

–Yo... –Sierra se humedeció los labios. No se le ocurría nada que decir. Solo era capaz de pensar en las palabras que Marco había dicho: «Sabré manejarla».

Marco miró el reloj.

–Ya es después de medianoche, así que se supone

que no debería verte. Después de todo es el día de nuestra boda.

«El día de nuestra boda». Pocas horas después se casaría con aquel hombre y prometería amarlo, respetarlo y obedecerlo.

«Sabré manejarla».

–¿Sierra? –preguntó Marco con preocupación–. ¿te ocurre algo?

Todo iba mal. Todo había ido mal siempre, a pesar de que ella pensaba que lo había ido solucionando. Había pensado que por fin iba a escapar, que estaba eligiendo su propio destino. La idea era ridícula. ¿Cómo podía haberse engañado durante tanto tiempo?

–¿Sierra? –la llamó con impaciencia.

Sierra se percató de que ya no había preocupación en su voz y que empezaba a mostrar cómo era en realidad.

–Solo estoy cansada –susurró ella.

Marco gesticuló para que se acercara y ella bajó los escalones con piernas temblorosas. Intentó no mostrar el miedo que sentía. Era una de las cosas que había practicado toda su vida porque sabía que enfurecía a su padre. Él deseaba que las mujeres de su familia se acongojaran y avergonzaran, y Sierra lo había hecho muchas veces durante su vida. Sin embargo, cuando sentía el valor para actuar con frialdad y mantener la compostura, lo hacía.

Marco le acarició la mejilla y ella sintió un nudo en el estómago al recibir su gesto de cariño.

–Ya no queda mucho –murmuró él, y le acarició los labios con el pulgar. La expresión de su rostro era de ternura, pero Sierra ya no podía confiar–. ¿Estás nerviosa, pequeña?

Estaba aterrorizada. Sin decir palabra, negó con la cabeza y Marco se rio de un modo que a Sierra le pareció indulgente y condescendiente. Eso demostraba que las suposiciones que había hecho acerca de aquel hombre no era más que eso, suposiciones. En realidad no lo conocía y no sabía de qué era capaz. Había sido amable con ella, sí, pero ¿y si solo estaba fingiendo igual que fingía su padre cuando estaba en público? Marco sonrió de nuevo y le preguntó:

—¿Estás segura acerca de todo esto, *mi amore*?

«*Mi amore*». Mi amor. Aunque Marco Ferranti no la amaba. Nunca había dicho que lo hiciera, y ni siquiera quería que así fuera. Su relación era una relación por conveniencia. Una cena familiar que había seguido con un paseo por los jardines, después una cita formal y una propuesta de matrimonio. Todo había sido organizado por su padre y aquel hombre. Y ella no se había dado cuenta. Había pensado que tenía algo que decir en todo aquello, pero se daba cuenta de que había sido manipulada y utilizada.

—Estoy bien, Marco —susurró ella, y dio un paso atrás para separarse de él.

Él frunció el ceño y ella se preguntó si era porque no le había gustado que tomara el control de aquella situación. Ella le había permitido que él tomara todas las decisiones durante los tres meses que había durado su relación. Dónde iban, de qué hablaban... Todo lo había decidido él. Ella estaba desesperada por escapar y se había convencido de que él era un hombre amable.

—Un último beso —murmuró Marco, y la atrajo hacia sí para besarla en los labios.

Sierra experimentó una mezcla de sensaciones. Nostalgia y alegría. Temor y deseo. Lo agarró por la camisa y se puso de puntillas para acercar su cuerpo al de él, incapaz de mantenerse alejada, sin darse cuenta de lo reveladora que había sido su reacción hasta que Marco se rio y se separó de ella.

–Tenemos mucho tiempo por delante –le prometió–. Mañana por la noche...

Cuando estuvieran casados. Sierra se cubrió los labios con los dedos y Marco sonrió, satisfecho por su reacción.

–Buenas noches, Sierra –dijo él.

–Buenas noches –se volvió y subió por las escaleras sin atreverse a mirar atrás, consciente de que Marco la estaba observando.

Una vez en el pasillo del piso de arriba, se llevó la mano al corazón. Se odiaba, odiaba a Marco. No debería haber permitido que aquello sucediera. No debería haber pensado que podría escapar.

Sierra corrió por el pasillo hasta el otro lado de la casa y llamó a la puerta de la habitación de su madre.

Violet Rocci abrió la puerta una pizca. Parecía nerviosa pero, al ver que era Sierra, se relajó y abrió más la puerta para dejarla pasar.

–No deberías estar aquí.

–Papá está abajo.

–Aun así –Violet agarró los pliegues de su bata. Estaba pálida y mostraba preocupación. Veinte años atrás había sido una mujer bella y una pianista famosa que daba conciertos en las mejores salas de Londres. Después, se casó con Arturo Rocci y desapareció de la vida pública por completo.

–*Mamma*... –Sierra la miró con impotencia–. Creo que he cometido un error.

Violet respiró hondo.

–¿Marco? –Sierra asintió.

–¿Lo amas, no? –incluso después de haber estado casada durante veinticinco años con Arturo Rocci y viviendo acongojada, Violet creía en el amor. Amaba a su marido con locura, y él había sido su destructor.

—Yo nunca lo he amado, *Mamma*.

—¿Cómo? —Violeta negó con la cabeza—. Sierra, tu dijiste...

—Confiaba en él. Me parecía amable, pero solo quería casarme con él para escapar... —«Escapar de papá». Ni siquiera podía decirlo. Sabía que aquellas palabras harían sufrir a su madre.

—¿Y ahora? —preguntó Violet en voz baja.

—Y ahora no lo sé —Sierra paseó de un lado a otro con nerviosismo—. Ahora me doy cuenta de que no lo conozco de nada.

—Mañana es la boda, Sierra —Violet se dio la vuelta—. ¿Qué puedes hacer? Está todo organizado...

—Lo sé —Sierra cerró los ojos al sentir que el arrepentimiento se apoderaba de ella—. Me temo que he sido una estúpida —pestañeó tratando de contener las lágrimas—. Sé que no hay nada que pueda hacer. Tengo que casarme con él.

—Puede que haya alguna forma de...

Sierra miró a su madre sorprendida. Violet estaba pálida, sin embargo su mirada brillaba con decisión—. *Mamma*...

—Si estás segura de que no puedes hacerlo...

—¿Segura? —Sierra negó con la cabeza—. No estoy segura de nada. Quizá sea un buen hombre...

«¿Un hombre que iba a casarse con ella por el bien de Rocci Enterprises? ¿Un hombre que trabajaba mano a mano con su padre y que insistía en que sabría manejarla?

—Pero no lo amas —dijo Violet.

Sierra pensó en la sonrisa de Marco y en el roce de sus labios. Después pensó en el amor desesperado que su madre sentía hacia su padre a pesar de que era cruel con ella. Sierra no amaba a Marco Ferranti. No quería amar a nadie.

–No, no lo amo.

–Entonces no debes casarte con él, Sierra. Se sabe que una mujer puede sufrir mucho a causa del amor, pero sin él... –apretó los labios y negó con la cabeza.

A Sierra le surgieron ciertas preguntas en la cabeza. ¿Cómo era posible que su madre amara a su padre después de todo lo que él había hecho? ¿Después de lo que su madre y ella habían soportado? Sin embargo, Sierra sabía que su madre lo amaba.

–¿Qué puedo hacer, *Mamma?*

Violet suspiró.

–Escapar. De verdad. Te lo habría sugerido antes, pero pensaba que lo amabas. Solo quería que fueras feliz, cariño. Confío en que puedas creerme.

–Te creo, *Mamma* –su madre era una mujer débil que había sido maltratada y sometida por la vida y por Arturo Rocci, su marido. Sin embargo, Sierra nunca había dudado acerca de que su madre la quisiera de verdad.

Violet apretó los labios y asintió.

–Debes irte pronto. Esta noche.

–¿Esta noche...?

–Sí –su madre se volvió hacia la cómoda y abrió un cajón para sacar un sobre que tenía escondido allí–. Es todo lo que tengo. Llevo años ahorrando por si...

–¿Y cómo? –Sierra agarró el sobre que su madre le ofrecía y vio que estaba lleno de euros.

–Tu padre me da dinero para la casa todas las semanas –dijo Violet sonrojándose.

Sierra sintió lástima por ella. Sabía que su madre se avergonzaba de la relación que tenía con su marido.

–Casi nunca me gasto el dinero. Y he conseguido ahorrar esto. No es mucho, unos mil euros quizá, pero suficiente como para sacarte de aquí.

–¿Y dónde voy a ir? –nunca se había planteado la posibilidad de escapar así, y la idea era aterradora y embriagadora al mismo tiempo. Había pasado la infancia en una casa de campo, la adolescencia en un colegio interno de monjas. No tenía ninguna experiencia de nada, y lo sabía.

–Toma el ferry para salir de la isla y después el tren hasta Roma. De allí a Inglaterra.

–Inglaterra... –la tierra natal de su madre.

–Tengo una amiga, Mary Bertram –susurró Violet–. No he hablado con ella hace muchos años, desde que... –desde que se había casado con Arturo Rocci veinte años atrás. Sin decir nada, Sierra asintió–. Ella no quería que yo me casara –dijo Violet en voz muy baja–. No confiaba en él, pero me dijo que si algún día sucedía algo, su puerta siempre estaría abierta.

–¿Sabes dónde vive?

–Tengo su dirección de hace veinte años. Me temo que es todo lo que puedo ofrecerte.

Sierra se estremeció al pensar en lo que estaba a punto de hacer. Ella, que no se atrevía a ir a Palermo sin acompañante, que nunca había manejado dinero, que ni siquiera había tomado un taxi. ¿Cómo podría hacerlo?

¿Y cómo no iba a hacerlo? Era su única oportunidad. Al día siguiente se casaría con Marco Ferranti y, si era como su padre, ella no tendría escapatoria.

–Si me marcho... –susurró.

–No podrás regresar –dijo Violet–. Tu padre te... –tragó saliva–. Esto será un adiós.

–Ven conmigo, *Mamma*...

–No puedo.

–¿Porque lo amas? ¿Cómo puedes amarlo después de todo lo que...?

–No cuestiones mis decisiones, Sierra –comentó Violet–, pero toma las tuyas.

Su propia elección. La libertad. Más de la que nunca había tenido, y con la que ni siquiera sabría qué hacer. En lugar de encadenarse a un hombre, aunque fuera un hombre bueno, sería ella misma. Capaz de elegir, y de vivir.

–No lo sé, *Mamma*...

–Yo no puedo elegir por ti, Sierra –la madre le acarició la mejilla con suavidad–. Solo tú puedes decidir tu propio destino, pero un matrimonio sin amor... –la madre tragó saliva–. Eso no se lo desearía a nadie.

«No todos los hombres son como Arturo Rocci. No todos los hombres son crueles y controladores». Sierra tragó saliva. Quizá Marco Ferranti no fuera como su padre, pero quizá sí. Después de lo que había oído aquella noche, no podía correr el riesgo.

Al ver que agarraba el sobre del dinero con fuerza, Violet asintió.

–Que Dios te acompañe, Sierra.

Sierra abrazó a su madre con lágrimas en los ojos.

–Rápido –dijo Violet, y Sierra se apresuró a salir de la habitación. Se dirigió a su dormitorio, donde el vestido de boda colgaba del armario como si fuera un fantasma. Se vistió rápidamente y guardó algo de ropa en una bolsa. Le temblaban las manos.

La casa estaba en silencio y la noche era tranquila. Sierra miró el violín que tenía bajo la cama y dudó un instante. Le resultaría difícil cargarlo pero...

La música había sido su único consuelo durante gran parte de su vida. Dejar allí su violín sería como dejar parte de su alma. Agarró el instrumento con su funda y se colgó la bolsa de ropa al hombro. Después, se dirigió de puntillas al piso de abajo, conteniendo la respiración y con el corazón acelerado. La puerta principal estaba cerrada con llave, pero Sierra abrió el cerrojo sin hacer ruido. De pronto, oyó que su padre estaba en el estudio hojeando unos papeles y el miedo hizo que se quedara paralizada unos instantes.

Después, suspiró y abrió la puerta muy despacio. Una vez fuera de la casa, cerró con cuidado y se encontró mirando la calle vacía y oscura. Antes de adentrarse en la noche, se volvió para ver la casa con sus ventanas iluminadas por última vez.

Capítulo 2

Siete años más tarde

—Es posible que ella no venga.

Marco Ferranti se encogió de hombros y se dio la vuelta frente a la ventana desde la que contemplaba la vista del centro de Palermo con indiferencia.

—Puede que no —miró a su abogado que estaba sentado detrás del escritorio y se alejó de la ventana.

—No asistió al funeral de su madre —le recordó Roberto di Santis, el abogado.

Marco cerró y abrió los puños un par de veces antes de meter las manos en los bolsillos del pantalón.

—Lo sé.

Violet Rocci había fallecido tres años antes a causa de un cáncer que había terminado con su vida en pocos meses. Sierra no había regresado durante su enfermedad, ni para el funeral, a pesar de que Arturo se lo había suplicado varias veces. Ni siquiera había enviado una carta o una tarjeta. La última vez que Marco la había visto había sido la noche antes de su boda, cuando la besó percibió la respuesta apasionada de su cuerpo.

Al día siguiente, él esperó a su prometida frente a la iglesia de Santa Caterina para acompañarla hasta el altar. Y esperó. Y esperó. Y esperó.

Siete años más tarde todavía estaba esperando a que Sierra Rocci apareciera.

El abogado se aclaró la garganta. Estaba nervioso, impaciente, deseando terminar con el tema de la herencia de Arturo Rocci. Él le había asegurado a Marco que era un documento claro, que podría resultar inesperado.

Marco había visto el documento antes de que Arturo falleciera. Sabía lo que ponía. Aunque suponía que Sierra no lo sabía y estaba deseando contarle los detalles.

¿Acudiría?

Marco le había pedido al abogado que contactara con ella en persona. Durante algún tiempo Marco había sabido dónde podía encontrar a Sierra. Cinco años antes, cuando consiguió superar la rabia que sentía hacia ella, había contratado un detective privado para que la encontrara. Nunca llegó a contactar con ella, y tampoco había deseado hacerlo, pero necesitaba saber dónde se encontraba y qué había sido de ella. La idea de que estuviera viviendo en Londres con una vida modesta y tranquila no era nada satisfactoria. Nada.

—Dijo que vendría, ¿verdad? –preguntó él.

Cuando Di Santis la llamó a su casa, ella aceptó acudir al despacho del abogado el quince de junio a las diez de la mañana. Sin embargo, ya eran casi las diez y media pasadas.

—¿Quizá deberíamos empezar?

—No –Marco se acercó de nuevo a la ventana–. Esperaremos.

Deseaba ver la cara que pondría Sierra cuando leyeran el testamento. Quería ver la expresión de su mirada cuando se percatara de lo mucho que había perdido solo por querer alejarse de él.

—Si eso es lo que quiere, *signor* –murmuró Di Santis.

Marco no se molestó en contestar.

Treinta segundos más tarde se abrió la puerta exterior del edificio y, momentos después, llamaron a la puerta del despacho.

Marco se tensó. Tenía que ser ella.

¿*Signor* Di Santis? –murmuró su asistente–. La señorita Rocci ha llegado.

Marco intentó relajarse cuando Sierra entró en el despacho. Tenía el mismo aspecto de siempre. El cabello largo y de color rubio oscuro recogido en un moño, sus ojos azules grisáceos, la boca sensual con un pequeño lunar en el lado izquierdo, y la misma silueta esbelta que incluso entonces él deseaba acariciar.

Un fuerte deseo se apoderó de él.

Ella lo miró un instante, enderezó la espalda y alzó la barbilla con orgullo. Entonces, Marco se percató de que ya no era la misma.

Era siete años mayor y se notaba en las facciones de su rostro. También en la ropa que llevaba, una falda de color gris y una blusa rosa de seda. Era ropa de mujer, moderna y elegante, nada que ver con los vestidos juveniles de siete años antes.

Marco percibió que seguía resultándole atractiva porque daba la sensación de que nada ni nadie podía afectarla. Era algo que le atraía debido a la infancia tormentosa que él había tenido. Le gustaba su carácter tranquilo y resuelto, y ya entonces, cuando solo tenía diecinueve años, ella le había parecido mayor. «E inocente».

–*Signorina* Rocci. Me alegro de que haya venido –Di Santis dio un paso adelante para estrecharle la mano. Sierra apenas le rozó los dedos y se retiró para sentarse en una silla, con la espalda derecha y los tobillos cruzados. Ni siquiera miró a Marco.

Él la miró un instante y se volvió hacia la ventana.

–¿Empezamos? –sugirió Di Santis.

Marco asintió. Sierra no contestó.

–El testamento es muy claro –Di Santis se aclaró la garganta y Marco se puso tenso de nuevo. Sabía lo claro que era el testamento–. El señor Rocci, es decir, su padre, *signorina*... –miró a Sierra y sonrió–, dejó las cláusulas bien claras –hizo una pausa y Marco supo que no estaba disfrutando con aquello.

Sierra tenía las manos sobre el regazo, estaba sentada con la cabeza derecha y miraba al frente. Su rostro era como una máscara de hielo.

–¿Podría contarme cuáles son dichas cláusulas, *signor* Di Santis? –preguntó ella.

Al oír su voz después de siete años de silencio, Marco sintió como un puñetazo en el vientre. De pronto, se quedó sin respiración. Su voz era suave, clara y musical, pero no tenía el tono de duda e inocencia de siete años antes. Sierra había hablado con seguridad, algo que no solía hacer antes, y la idea de que con los años se había vuelto más fuerte, sin estar a su lado, le sentó como si le hubieran dado una bofetada.

–Por supuesto, *signorina* Rocci –sonrió Di Santis–. Puedo entrar en detalles, pero básicamente su padre ha dejado el grueso de su capital y de su negocio al señor Ferranti.

Marco la miró esperando a que reaccionara. Con sorpresa, arrepentimiento, culpabilidad, percatándose de lo mucho que había perdido con su elección. Que reaccionara de alguna manera.

No fue así.

Sierra asintió sin más.

–¿El grueso de su capital? ¿No todo?

Al oír su pregunta, Marco experimentó la rabia y la furia que creía haber superado con el paso de los años. ¿Era una mercenaria? Después de haber abandonado a su familia y a su prometido, de no contactar con ellos durante siete años a pesar de que se lo habían suplicado, ¿todavía quería saber cuánto dinero le tocaba?

—No, todo no, *signorina* Rocci —dijo di Santis como avergonzado—. Su padre le ha dejado algunas joyas que pertenecían a su madre, y que siempre habían pertenecido a su familia.

Sierra inclinó la cabeza y un mechón de pelo cayó sobre su mejilla. Marco no podía ver su expresión, no podía saber si se sentía rabiosa por el hecho de que le hubiera tocado tan poco. Un collar de perlas, un broche de zafiros. Nada muy valioso, pero Arturo quería que su hija tuviera las cosas de su madre.

Sierra levantó la vista y Marco se percató de que tenía los ojos llenos de lágrimas.

—Gracias —dijo ella—. ¿Las tiene aquí?

—Así es... —Di Santis agarró una bolsita de terciopelo del escritorio—. Aquí las tiene. Su padre las guardó en mi caja fuerte hace un tiempo, cuando se dio cuenta de que... —se calló y Sierra no contestó.

«Cuando se dio cuenta de que se estaba muriendo», pensó Marco en silencio. ¿Es que aquella mujer no tenía corazón? Parecía que no estaba afectada por el hecho de que sus padres hubieran muerto durante su ausencia, ambos destrozados porque su hija había huido de la casa familiar. Lo único que la había hecho llorar era enterarse de que no le habían tocado más que un montón de baratijas.

—No tendrán mucho valor en el mercado —dijo Marco.

Sierra lo miró y, al ver cómo lo miraba, él sintió una fuerte presión en el pecho. Su mirada era de indiferencia, como si estuviera mirando a un extraño.

—¿Hay algo más que deba saber? —preguntó Sierra al abogado.

–Puedo leer el testamento en su totalidad...

–No será necesario –contestó ella–. Gracias por las joyas de mi madre –se puso en pie con elegancia.

Marco se percató de que se estaba marchando. Después de haber pasado siete años esperando y deseando que llegara el momento en que todo cobrara sentido, no había conseguido nada.

Sierra ni siquiera lo miró al salir del despacho.

Sierra se estremeció nada más cerrar la puerta del despacho. Le temblaban las piernas y le dolían los dedos de agarrar con fuerza la bolsita de terciopelo.

No comenzó a respirar con normalidad hasta que salió a la calle, y empezó a relajarse después de haber conducido veinte minutos hasta Palermo, sabiendo que había dejado atrás a Marco Ferranti.

Las calles de la ciudad desembocaron en carreteras polvorientas que guiaban hasta las montañas de Nebrodi, donde se encontraba la casa donde su madre estaba enterrada. Cuando recibió la llamada de Di Santis, ella pensó que no iría a Sicilia para nada, después decidió que iría al despacho del abogado y regresaría a Londres el mismo día. En Sicilia ya no tenía nada, sin embargo, recordó que su padre ya no podría volver a hacerle daño y que Sicilia se había convertido en un lugar de recuerdos y no de amenazas. Sierra se había olvidado de Marco Ferranti.

Sierra negó con la cabeza y soltó una risita. No se había olvidado de Marco, no creía que fuera capaz de hacerlo nunca. Simplemente, había subestimado el efecto que tendría sobre ella después de siete años de distancia.

Nada más verlo en el despacho, vestido con un traje

de seda y tremendamente atractivo, se puso a temblar. Por suerte consiguió controlarse antes de que Marco dirigiera hacia ella su penetrante mirada. Ella había tenido que obligarse a no mirarlo.

No tenía ni idea de lo que él había sentido por ella siete años atrás. ¿Odio o indiferencia? No importaba. Ella había tomado la decisión acertada al salir huyendo la noche anterior a la boda, y nunca se arrepentiría. Después de haber visto cómo Marco Ferranti estaba cada vez más implicado en Rocci Enterprises, y de que lo hubieran preparado para ser el sucesor de su padre, Sierra consideraba que ya sabía todo lo que necesitaba saber de aquel hombre.

La carretera olía a pino y el cielo se había cubierto de nubes oscuras. Nada más aparcar frente a la verja de la casa, Sierra oyó un trueno en la distancia y se estremeció.

A pesar de que el aire era cálido, se esperaba una tormenta. Había pasado gran parte de su infancia en aquella casa, y aunque le encantaba la belleza y la tranquilidad del sitio, aquel lugar le evocaba demasiados recuerdos difíciles como para que realmente sintiera un cariño especial hacia él.

Estaba de pie junto a la ventana del coche cuando de pronto el miedo la invadió por dentro. Imaginó que el coche de su padre se acercaba a la casa y oyó su voz autoritaria. Después, las súplicas de su madre. No, desde luego no tenía buenos recuerdos de aquel lugar.

No se quedaría mucho tiempo. Visitaría la tumba de su madre y regresaría a Palermo, donde había reservado un habitación en un hotel económico. Al día siguiente regresaría a Londres y ya nunca más volvería a Sicilia.

Rápidamente, Sierra avanzó junto al muro de piedra que rodeaba la finca. Conocía muy bien aquel lugar, su madre y ella solían quedarse allí hasta que su padre las llamaba para asistir a algún evento o a la inauguración de uno de sus hoteles y actuar como familia feliz. Su madre había vivido para obedecer los mandatos de su padre, y Sierra los había temido.

Sierra sabía que el muro de piedra estaba roto en algunos lugares y que podría saltarlo por ahí. Dudaba que su padre hubiera mandado repararlo en los últimos siete años, incluso se preguntaba si habría ido a la finca en ese tiempo. Él prefería vivir su vida en Palermo, excepto cuando necesitaba que su esposa y su hija se presentaran con él ante los medios como una familia feliz.

Se adentró en un bosquecillo de pinos y notó que la ropa se le enganchaba en las ramas. No llevaba las prendas adecuadas para caminar por el bosque o saltar muros.

Al cabo de un momento llegó hasta donde el muro se había derrumbado y lo saltó. Una vez dentro de la finca, suspiró aliviada y se dirigió hacia la esquina donde se encontraba el cementerio familiar tratando de que nadie la viera.

No sabía si había alguien en la residencia. Arturo había contratado un ama de llaves cuando ella vivía allí con su madre. Una mujer mayor que además hacía las veces de asistente y espía para su padre. Si la mujer seguía viviendo allí, Sierra no quería llamar su atención.

En la distancia aparecieron las lápidas de mármol de la familia Rocci y, al verlas, Sierra contuvo la respiración. Sabía que la de su madre se encontraba en la esquina más alejada, ya que era la única que no estaba allí cuando ella se marchó. *Violet Rocci, mi querida esposa*. Sierra miró las palabras escritas en la lápida hasta que se le humedecieron los ojos y tuvo que contener las lágrimas. Querida madre, sí, pero ¿esposa? ¿Era cierto que su padre había amado a su madre? Sierra sabía que Violet creía que sí, pero Sierra quería pensar que el amor era algo mejor que eso. El amor no hacía sufrir, no castigaba ni menospreciaba. Al menos, eso quería pensar, pero no estaba segura de si podía hacerlo y, desde luego, no estaba dispuesta a correr el riesgo de descubrirlo por sí misma.

–*Ti amo, Mamma* –susurró, y apoyó la mano sobre la lápida de mármol. Durante los últimos siete años había echado mucho de menos a su madre, y aunque le había escrito algunas cartas, Violet la había animado a romper el contacto para no poner en peligro la seguridad de su hija. Las pocas cartas que tenían eran especiales, y había dejado de recibirlas antes de que Violet se pusiera enferma.

Sierra respiró hondo y se esforzó por contener las lágrimas. No quería llorar. Ya había estado demasiado triste. Respiró hondo y recuperó la compostura, tratando de mantener al margen sus sentimientos. Se dio la vuelta y comenzó a caminar hacia el coche. Confiaba en que Violet Rocci descansara en paz, alejada de la crueldad de su marido. No era mucho consuelo, pero era a lo único que podía aferrarse para estar tranquila.

Seguía tronando y los rayos iluminaban el cielo mientras empezaba a llover. Sierra agachó la cabeza y se apresuró hacia donde estaba roto el muro para saltarlo otra vez. No quería que le cayera un chaparrón y tampoco transitar por aquella carretera con esa lluvia.

Saltó el muro y corrió entre la pinada. Al momento, tenía el cabello empapado y la blusa de seda pegada a la piel.

Blasfemó en voz baja y, al salir del bosque, se quedó paralizada al ver que había un coche negro aparcado detrás del suyo. Cuando llegó a la carretera, vio que se abría la puerta del coche y que salía una persona conocida.

Marco Ferranti se dirigió hacia ella. Al instante, tenía la camisa empapada y la tela marcaba su torso musculoso. Sierra levantó la vista y, al ver rabia en su mirada, no pudo evitar mirar hacia otro lado. Llovía sin parar y tuvo que secarse el rostro nada más pararse delante de él.

—¿Qué diablos crees que estás haciendo aquí? —preguntó Marco con frialdad.

Capítulo 3

SIERRA respiró hondo y se retiró el cabello mojado de la cara.

—Estaba presentando mis respetos —intentó pasar hacia el coche, pero él le bloqueó el camino—. ¿Qué haces aquí? —se atrevió a preguntarle, a pesar de que se sentía débil y temerosa. Aquel era el hombre real que Marco había ocultado antes, el hombre amenazante que se inclinaba sobre ella para asustarla. Sin embargo, igual que había hecho con su padre, ella no mostraría temor ante él.

—Es mi casa —le informó Marco.

Ella lo miró y vio que él se alegraba de haber recibido todo, y de que ella apenas tuviera nada.

—Entonces, espero que lo disfrutes —soltó Sierra.

—Estoy seguro de que lo haré. ¿Te das cuenta de que has traspasado una propiedad privada?

Sierra negó con la cabeza, sorprendida por la intensidad de su rabia y de su crueldad. Así que ese era el hombre con el que había estado a punto de casarse.

—En cualquier caso, ya me marcho.

—No tan deprisa —él la agarró por la muñeca.

Ella se quedó quieta. Aquel gesto le resultaba tan familiar que se preparó para recibir una bofetada. Sin embargo, no la recibió. Marco la miró fijamente y Sierra tardó unos instantes en percatarse de que ni siquiera la sujetaba con fuerza.

–Quiero saber por qué estás aquí.

–Ya te lo he dicho. He venido a presentar mis respetos.

–¿Has entrado en la casa?

–No.

–¿Y yo cómo lo sé? Quizá me hayas robado algo.

Sierra soltó una carcajada de incredulidad.

–¿Qué diablos crees que podría haberte robado? –retiró su mano y estiró los brazos a los lados–. ¿Dónde iba a esconderlo? –vio que Marco se fijaba en sus senos y se percató de que la blusa mojada transparentaba el sujetado blanco de encaje que llevaba. Sierra tuvo que esforzarse para no agachar la cabeza y mantener la mirada.

–Contigo no puedo estar seguro de nada, excepto de que no puedo fiarme de ti.

–¿Me has seguido desde Palermo?

–Quería saber dónde ibas.

–Pues ya lo sabes. Ahora voy a regresar a Palermo –comenzó a moverse, pero Marco la retuvo de nuevo y miró hacia la carretera empinada que bajaba la montaña.

–La carretera estará intransitable a causa de la lluvia. Será mejor que entres en la casa hasta que termine la tormenta.

–¿Y me cachearás para ver si he robado algo? Prefiero arriesgarme en la tormenta.

–No seas estúpida –dijo Marco.

–No soy estúpida –soltó ella–. Hablo en serio.

–¿De veras prefieres correr el riesgo de hacerte daño, o incluso de morirte, antes que entrar en casa conmigo? ¿Qué he hecho yo para merecer tanto desprecio?

–Acabas de acusarme de ladrona.

–Simplemente quería saber por qué estabas aquí.

El sonido de un trueno hizo que Sierra se sobresaltara. Estaba empapada y, por desgracia, sabía que

Marco tenía razón. La carretera estaría intransitable durante algún tiempo.

–Está bien –dijo, y se metió en el coche.

Marco abrió la verja con el mando automático y la siguió hasta la casa.

Sierra aparcó y apagó el motor. No tenía ganas de enfrentarse a Marco otra vez, ni a todos los recuerdos que inundaban su cerebro y su corazón. Regresar a Sicilia había sido muy mala idea.

Marco le abrió la puerta del coche y le preguntó:

–¿Vas a salir del coche?

–Sí, claro –dijo ella, percibiendo que él estaba enojado a pesar de que trataba de aparentar frialdad. Después de siete años ¿seguía odiándola por lo que le había hecho? Al parecer, sí.

–¿Hay alguien viviendo en la casa? –preguntó ella, mientras él marcaba el código de seguridad para abrir la puerta.

–No. La he mantenido vacía todo este tiempo mientras yo estaba en Palermo –la miró un instante–. Mientras tu padre estaba en el hospital.

Sierra no contestó. El abogado, di Santis, le había dicho que su padre había muerto de cáncer de páncreas. Durante años, su padre había mantenido en secreto la enfermedad, pero la etapa final había sido muy rápida. Al enterarse de la noticia, Sierra había tratando de sentir lástima por su padre, sin embargo solo había sentido alivio.

Marco abrió la puerta de la casa y la invitó a pasar al recibidor. Los muebles estaban cubiertos con fundas para el polvo y olía a cerrado. Sierra se estremeció.

–Conectaré el calentador de agua –dijo Marco–. Creo que hay ropa en el piso de arriba.

–¿Mi ropa?

–No, esa la retiraron hace algún tiempo. Yo tengo

algo de ropa en una de las habitaciones para invitados. Puedes ponértela hasta que se te seque la tuya.

Ella permaneció tiritando en el recibidor mientras Marco se dedicó a encender luces y retirar las fundas de los muebles. Era surrealista estar de nuevo en aquella casa y no podía evitar sentirse atrapada. No solo por los recuerdos y por las puertas cerradas, sino por la presencia de aquel hombre que parecía consumir todo su espacio. Sierra deseaba marcharse.

—Encenderé la chimenea del salón –dijo Marco–. Me temo que no hay mucha comida.

—No necesito comida. Voy a marcharme lo antes posible.

Marco la miró con una sonrisa.

—No creo. La carretera estará inundada durante algún tiempo. No creo que puedas marcharte antes de mañana por la mañana –la miró de forma retadora, o incluso burlona, y se cruzó de brazos.

Incluso enfadado resultaba atractivo, y su cuerpo musculoso irradiaba fuerza y poderío. Sin embargo, a Sierra no le gustaba la fuerza bruta. Odiaba el abuso de poder.

—¿Por qué no te das un baño y te cambias de ropa?

Sierra sitió un nudo en el estómago al pensar en pasar la noche bajo el mismo techo que Marco Ferranti. En darse un baño, en cambiarse de ropa... Todo hacía que se sintiera vulnerable. Él debió de notar algo en su expresión, porque añadió:

—¿No estarás preocupada por si te seduzco? Créeme, *cara,* no voy a tocarte.

—Mejor –contestó ella–, porque es lo último que deseo.

Marco dio un paso hacia ella.

—¿Estás segura?

Sierra se quedó quieta. Era consciente de que su cuerpo había reaccionado ante Marco Ferranti en alguna ocasión, y estaba segura de que volvería a pasar incluso a pesar de que él estuviera furioso. Para su vergüenza, sabía que con una caricia o un simple beso la haría estremecer.

–Completamente segura –contestó, y se volvió hacia la escalera sin decir nada más.

Sierra encontró la ropa de Marco en una de las habitaciones de invitados. Se preguntaba por qué él no había ocupado la habitación principal cuando todo le pertenecía. La finca, el *palazzo* de Palermo, la cadena hotelera y el resto de propiedades de su padre. Él le había dejado todo al hombre que consideraba como su hijo, y había dejado a su hija sin nada.

O casi sin nada. Con cuidado, Sierra sacó la bolsita de terciopelo del bolsillo de su falda. El collar de perlas y el broche de zafiro que pertenecían a su madre desde antes de que se casara, habían pasado a ser suyos. No tenía ni idea de por qué su padre había permitido que los recibiera, si había experimentado un momento de ternura en el lecho de muerte o si solo trataba de aparentar que era el padre amable y afligido que nunca había sido.

No importaba. Ella tenía algo con lo que recordar a su madre y eso era todo lo que necesitaba.

Rápidamente, Sierra se quitó la ropa mojada y se dio una ducha caliente. Después se vistió con una camiseta gris y un pantalón de chándal de Marco. Era extraño llevar puesta su ropa y, como le quedaba grande, se puso un cinturón para evitar que se le cayeran los pantalones.

Tras pasarse los dedos por el cabello, se dirigió al piso de abajo. Habría preferido permanecer escondida en el piso de arriba hasta que terminara la tormenta,

pero estaba segura de que él habría ido a buscarla. Decidió que sería mejor enfrentarse al pasado, quitarse del
medio la conversación pendiente e ignorarse el uno al
otro hasta que ella pudiera marcharse.

Sierra lo encontró en el salón, agachado frente a la
chimenea y tratando de avivar el fuego. Él se había
puesto unos vaqueros y una camiseta negra que resaltaba su torso musculoso y mostraba su poderío sexual.

Sierra permaneció en la puerta fijándose en que
Marco tenía el cabello mojado. Al instante, notó que la
camiseta que se había puesto rozaba sus senos desnu-
dos y se estremeció de deseo. Él la odiaba, y ella sabía
qué clase de hombre era, ¿cómo era posible que lo deseara de esa manera?

Él la miró y ella notó que también reaccionaba al
verla.

Marco se enderezó y ella se fijó en su cuerpo musculoso. No pudo evitar pensar que aquel hombre podía
haber sido suyo y sentía curiosidad por saber qué era lo
que se había perdido.

El hombre era atractivo. Y sexy. Siempre lo había
sido, pero eso no cambiaba el motivo de por qué ella
había decidido marcharse.

–Ven a calentarte –Marco gesticuló para que se acercara y Sierra avanzó.

–Gracias –murmuró sin mirarlo.

El ambiente era de tensión. Sierra miró la llama de
la chimenea sin saber cómo romper el silencio, o si
quería hacerlo. Quizá fuera mejor actuar como si el
pasado no hubiese ocurrido nunca.

¿Cuándo regresas a Londres? –preguntó Marco con
frialdad.

Sierra suspiró antes de contestar.

–Mañana.

–¿No se te ocurrió que tendrías que solucionar cosas aquí?

Ella lo miró sorprendida. Su pregunta parecía inocua, pero ella percibía rabia bajo sus palabras educadas.

–No. No esperaba que mi padre me dejara nada en su testamento.

–¿No? –preguntó desconcertado.

Sierra se encogió de hombros.

–¿Por qué iba a hacerlo? No nos habíamos visto ni habíamos hablado desde hacía siete años.

–Eso fue tu elección.

–Sí.

Ambos se quedaron en silencio. Sierra se preguntaba si Marco conocía los abusos y la crueldad con la que la había tratado su padre y si, en caso de saberlo, los habría aprobado.

–¿Por qué has regresado a esta casa? –preguntó Marco de repente.

Sierra lo miró y contestó.

–Ya te lo dije.

–A presentar tu respeto... ¿A qué? ¿A quién?

–A mi madre. Su tumba está en el cementerio familiar.

Él ladeó la cabeza y la miró:

–Y sin embargo no viniste cuando estaba enferma... Ni siquiera enviaste una carta.

Porque no se había enterado. ¿Y si se hubiera enterado, habría regresado? ¿Se habría arriesgado a sufrir la rabia de su padre una vez más? Sierra tragó saliva y miró a otro lado.

–¿No contestas?

–Ya sabes la respuesta. Además, no era una pregunta.

Marco negó con la cabeza.

–Desde luego estás cumpliendo con mis expectativas.

–¿Qué quieres decir?

–Durante siete años me he preguntado cómo era la malnacida con la que estuve a punto de casarme. Ahora lo sé.

Sus palabras fueron como una bofetada y Sierra tuvo que esforzarse para recuperarse.

–Puedes pensar lo que quieras.

–Por supuesto. Tu nunca me has ofrecido respuestas ¿no es así? Nunca te has justificado por lo que hiciste, no solo al dejarme, sino también al abandonar a tu familia.

Ella no contestó. No quería discutir con Marco. Además, él solo había emitido un juicio de valor. Nada de lo que ella pudiera decir lo haría cambiar de opinión. Ni siquiera la verdad. Había sido la mano derecha de su padre durante más de una década, así que, o sabía cómo su padre trataba a su familia, o había elegido no saberlo.

–¿No tienes nada que decir, Sierra?

Era la primera vez que él la llamaba por su nombre. Sonaba tan frío que ella se estremeció. Durante un instante recordó el tacto de sus labios cuando la besó en el jardín, el roce de sus caricias en el cuerpo y el deseo que se instaló en su vientre. Ningún hombre la había tocado así. Ningún hombre la había hecho sentir tan deseable.

Sierra trató de no pensar en ello y contestó:

–No, no tengo nada que decir.

Marco miró a Sierra y experimentó que la rabia se apoderaba de él. ¿Cómo podía ser tan fría?

–¿Sabes? Hace unos años admiraba que fueras tan fría.

–¿Fría? –preguntó ella sorprendida.

–Sí, eras calmada y serena. Eso me gustaba –hizo una pausa–. Claro que no me di cuenta de que era porque no tenías corazón, porque estabas hecha de hielo –aunque entre sus brazos no lo parecía.

Sierra continuó en silencio y Marco sintió que la rabia que sentía amenazaba con desbordarse.

–Maldita sea, Sierra, ¿nunca pensaste que merecía una explicación?

Ella apartó la mirada y se humedeció los labios. Ese pequeño gesto hizo que una ola de deseo lo invadiera por dentro. Estaba mareado a causa de la mezcla de emociones. Rabia y deseo. No quería sentir nada de eso. Después de siete años tratando de controlar esos sentimientos, ver que regresaban a él con semejante fuerza era abrumador.

–¿Y bien? –preguntó Marco.

–Pensé que el hecho de que me marchara ya era suficiente explicación.

Marco la miró boquiabierto.

–¿Cómo diablos puedes pensar así?

Sierra lo miró un instante.

–Porque era evidente que cambié de opinión.

–Sí, eso lo sé, pero nunca entendí por qué. Y tu padre tampoco. Se quedó destrozado cuando te marchaste. Completamente desolado –todavía recordaba cómo había llorado Arturo cuando él le contó, en la puerta de la iglesia, que Sierra se había marchado. Marco no podía creerlo y quería enviar personas en su búsqueda, hasta que de pronto asimiló la verdad. Ella no había desaparecido, se había marchado. Lo había dejado, y durante unos instantes ni siquiera estuvo sorprendido. Su matrimonio con Sierra, su pertenencia a la familia Rocci, era algo demasiado maravilloso como para ser cierto.

Sierra se cruzó de brazos y lo miró fríamente.

–¿Por qué querías casarte conmigo, Marco? Ya que vamos a hablar del pasado... Nunca lo entendí. Desde luego, no era porque me amaras.

–No –admitió él. No la conocía lo suficiente como para amarla y, además, nunca había estado interesado en el amor. El amor implica correr el riesgo de abrirse a lo emocional. Y él nunca había tenido ganas de hacerlo.

–¿Entonces? –preguntó Sierra arqueando una ceja.

Él se sorprendió de lo rápido que ella le había dado la vuelta a la conversación. Él ya no era el atacante. ¿Cómo se había atrevido a ponerlo en la defensiva? Ella, que se había marchado sin decir palabra.

–Yo podría preguntarte lo mismo –dijo él–. ¿Por qué aceptaste casarte conmigo?

Me había convencido de que podría ser feliz a tu lado. Estaba equivocada.

–¿Y qué te hizo decidir eso?

Ella suspiró y se encogió de hombros.

–¿De veras queremos hablar de esto? –preguntó ella–. ¿Crees que ayudará? Han pasado siete años, Marco.... Quizá deberíamos aceptar...

–¿Aceptar que estamos en desacuerdo? No estamos hablando de una pequeña discusión, Sierra. Estamos hablando de *matrimonio*. Solo faltaban unas horas para pronunciar los votos.

–Lo sé –susurró ella. Estaba pálida y sus ojos se habían vuelto oscuros.

–Entonces, ¿por qué?

–Tú todavía no has contestado a mi pregunta, Marco. ¿Por qué querías casarte conmigo?

Él la miró un instante. Se sentía furioso por estar acorralado.

–Necesito un trago –comentó sin más, y se dirigió a la cocina. Ella no lo siguió.

Marco sacó una botella de whisky del armario y se sirvió una copa que se bebió de un trago. Después, se bebió otra.

¿Cómo diablos se había atrevido a acusarlo cuando era ella quien debía dar explicaciones?

Se tomó la segunda copa y regresó al salón. Sierra se había acercado al fuego y las llamas iluminaban su rostro. Su cabello se estaba secando y comenzaba a rizarse. Estaba muy atractiva con su ropa. La camiseta se le había caído hacia un lado y dejaba la piel bronceada de su hombro al descubierto. El cinturón marcaba la curva de su cintura y resaltaba sus senos. Él recordó lo que había sentido al acariciárselos y cómo ella había arqueado el cuerpo contra el de él.

Marco se esforzó para que no pensar en ello y evitar que el deseo se apoderara de él. No quería sentir nada, ni siquiera deseo, hacia Sierra Rocci.

–Maldita sea, Sierra, tienes el descaro de preguntarme por qué me comporté de esa manera cuando eres tú la que eligió marcharse sin dejar una nota.

–Lo sé.

–Y todavía no me has dado una explicación. Cambiaste de opinión. Está bien. Lo acepto. Eso me quedó claro en aquellos momentos, pero todavía no me has dicho por qué. ¿No crees que merezco una explicación? Tus padres ya no están vivos para oír por qué los abandonaste, pero yo sí –elevó el tono de voz–. Entonces, ¿por qué no me cuentas la verdad?

Capítulo 4

UNO de los troncos chisporroteó mientras ambos estaban en silencio. Sierra lo observó. ¿Qué podía decir? ¿Qué era lo que Marco quería oír?

Era evidente que se había creado su propia versión de los hechos, sin duda alimentada por las mentiras que había dicho su padre. Marco no creería lo que ella le contara, ni aunque fuera la verdad.

–¿Y bien? –preguntó él otra vez–. ¿No tienes respuesta?

Ella se encogió de hombros y habló sin mirarlo.

–¿Qué quieres que diga?

–Ya te lo he dicho... La verdad. ¿Por qué te marchaste, Sierra? ¿Por qué la noche antes de nuestra boda?

Sierra respiró hondo y se obligó a mirarlo a los ojos.

–La verdad es que me lo pensé mejor. Me di cuenta de que estaba poniendo mi vida en manos de un desconocido, y eso era un error. No podía hacerlo.

–¿Te diste cuenta de eso la noche antes de nuestra boda? ¿No se te ocurrió nunca durante el mes que duró nuestro compromiso?

–Pensaba que había tomado la decisión correcta. Esa noche me di cuenta de que no era así.

–Hablas como si fuera tan sencillo.

–En cierto modo, lo fue, Marco. No nos queríamos, y ni siquiera nos conocíamos. Habíamos salido unas cuantas veces, y todas organizadas por mi padre. Nuestro matrimonio habría sido un desastre.

–¿Puedes estar tan segura?

–Sí –ella miro a otro lado para evitar que la verdad se reflejara en su mirada. No estaba tan segura. Quizá su matrimonio hubiera funcionado. Quizá Marco fuera un hombre bueno, un caballero. Aunque el hecho de que hubiera sido la mano derecha de su padre desde entonces la hacía dudar. ¿Habría asimilado la falsedad y el carácter despiadado de su padre? A juzgar por la rabia que había visto en él ese mismo día, parecía que sí. No, había tomado la elección correcta. O eso quería creer.

–Muy bien –Marco respiró hondo–. Cambiaste de opinión. ¿Y por qué no me lo contaste? ¿Por qué no hablaste conmigo para decirme lo que pensabas? ¿No me merecía esa pequeña cortesía? ¿Al menos una nota? Quizá podría haberte convencido...

–Exacto. Me habrías convencido. Tenía diecinueve años, Marco. Tú tenías casi treinta y eras un hombre sofisticado y de mundo, sobre todo comparado conmigo. Yo no tenía ninguna experiencia en la vida, y me daba miedo enfrentarme a ti, de que hicieras caso omiso de mis opiniones, de que nuestro matrimonio se basara en el temor hacia ti.

–¿Alguna vez te he dado motivos para que sintieras temor hacia mí? –preguntó él–. No debías acusarme de algo así, y menos sin pruebas –su voz indicaba que estaba rabioso y ella trató de no estremecer.

Era el momento de decírselo. De admitir que había oído sus palabras y cómo se había sentido esa noche. ¿Por qué no iba a hacerlo? ¿Qué tenía que perder? Ya lo había perdido todo. Aunque había ganado una vida nueva, una vida tranquila y segura, una vida propia. No necesitaba ni quería nada de aquel hombre.

–Te oí –le dijo.

–¿Me oíste? –preguntó él asombrado–. ¿Se supone que tengo que saber de qué estás hablando?

–La noche de antes de nuestra boda, te oí hablando con mi padre.

–Sigo sin comprender, Sierra.

Sierra respiró hondo.

–Dijiste: «Sabré manejarla», Marco –resultaba doloroso incluso después de tantos años–. Cuando mi padre te dijo que las mujeres se aprovechan. Hablaste de mí como si fuera un perro, una bestia a la que domar. Alguien a quien hay que manejar en lugar de respetar.

Marco se quedó mirándola en silencio. Sierra le sostuvo la mirada, a pesar de que deseaba mirar hacia otro lado. Esconderse. El chisporroteo de la chimenea rompió el silencio y ella aprovechó para apartar la mirada.

–¿Y por eso me condenaste?, por un comentario que ni siquiera recuerdo –dijo Marco en voz baja.

–Fue suficiente.

Él blasfemó y Sierra se estremeció. Todavía sentía temor ante la rabia de un hombre y su cuerpo se ponía tenso al anticipar que recibiría una bofetada.

–¿Cómo pudiste...? –él negó con la cabeza–. Ni siquiera quiero saberlo. No me interesan tus excusas –se dirigió a la cocina.

Al cabo de un momento, Sierra lo siguió. Habría preferido dirigirse al piso de arriba, pero debía terminar aquella conversación.

Permaneció en la puerta y observó que él sacaba un paquete de pasta de un armario.

–Me temo que no hay mucha comida.

–No tengo hambre.

–No seas ridícula. Seguro que no has comido nada en todo el día. Debes mantener tus fuerzas.

El hecho de que él tuviera razón hizo que Sierra permaneciera en silencio. En realidad, no quería pasar más tiempo del que fuera necesario con él. Le sonaron las tripas y Marco la miró de manera burlona.

Sierra forzó una sonrisa.

–Muy bien. Entonces, deja que te ayude.

Él se encogió de hombros y Sierra entró en la cocina.

Trabajaron en silencio durante unos minutos. Sierra encontró una olla y la llenó de agua para ponerla al fuego. Marco sacó una lata de tomate natural y varias especias del armario.

Ella miró a su alrededor y recordó cuando solía desayunar en la mesa del comedor, mientras su madre limpiaba y bebía café. Sierra había disfrutado viviendo en la finca, pero Violet siempre se había sentido desdichada cuando estaba alejada de Arturo.

Sierra negó con la cabeza al recordar cómo había vivido su madre, y las elecciones que había tomado en la vida.

Marco se fijó en que negaba con la cabeza y preguntó:

–¿Qué pasa?

Ella se volvió hacia él.

–¿Qué quieres decir?

–Has negado con la cabeza. ¿En qué pensabas?

–En nada.

–En algo, Sierra.

–Pensaba en mi madre. Y en lo mucho que la echo de menos.

Marco arqueó las cejas con incredulidad.

–Entonces, ¿por qué no regresaste?

Sierra podía contarle la verdad, pero se resistía a hacerlo. No sabía si era porque no quería que sintiera lástima de ella o porque sospechaba que él no la creería.

–No podía.

–¿Por qué no?

–Estaba segura de que mi padre no quería que regresara después de todo.

–Te equivocaste. Juzgas a la gente demasiado rápido, Sierra. A tu padre y a mí. Él te habría recibido con los brazos abiertos. Lo sé. Me lo dijo muchas veces.

Ella se apoyó en la encimera, tratando de asimilar sus palabras. Así que su padre le había contado mentiras, tal y como ella sospechaba. Se notaba que Marco había creído sus palabras, y Sierra sabía que nunca la creería a ella.

–Supongo que no estaba preparada para correr el riesgo.

–Rompiste su corazón –dijo él–. Y el de tu madre. Ninguno de los dos volvió a ser la misma persona.

–¿Cómo lo sabes? ¿Veías a mi madre a menudo? –preguntó ella, con gran sentimiento de culpa.

–Bastante a menudo. Arturo me invitaba a cenar muchas veces. Tu madre se volvió una mujer solitaria.

–Siempre fue solitaria –contestó ella–. Vivíamos aquí en la finca, menos cuando mi padre nos llamaba para algún evento.

–La vida de campo es mejor para los niños –miró a su alrededor–. Este lugar es magnífico para criar hijos –su tono de voz era más grave, y Sierra no pudo evitar preguntarse si estaría pensando en los hijos que habrían tenido.

–¿Qué quieres decir con que se volvió más solitaria?

–No venía a las comidas ni a muchos eventos sociales. Su salud comenzó a deteriorarse...

Sierra notó que las lágrimas afloraban a sus ojos y

pestañeó. No quería que Marco la viera llorar. Sabía por qué su madre se había recluido todavía más. Su padre debía de estar muy enfadado después de que ella se marchara y seguramente lo había pagado con su madre. Ella no tuvo más remedio que esconderse.

–La verdad resulta dolorosa, ¿no es así? –dijo Marco–. Supongo que era más fácil olvidarte de ellos en la distancia.

–Nada fue fácil –dijo Sierra, respirando hondo. No quería mostrarle a Marco que estaba muy afectada porque sabía que se volvería más despectivo hacia ella. Nada de lo que ella dijera o hiciera podría cambiar lo que él sentía hacia ella. Y no importaba, porque después de ese día no lo volvería a ver.

De pronto, esa idea le resultó dolorosa y Sierra tuvo que esforzarse para ignorarla.

–A mí sí me parecía fácil –dijo él con amargura.

–Puede ser –convino Sierra–, pero ¿de qué servirá ahora hablar de ello? ¿Qué quieres de mí, Marco?

¿Qué quería de ella? ¿Por qué la estaba presionando para que le diera respuestas que, evidentemente, ella no quería dar? Habían pasado siete años. Ella lo había tratado muy mal, igual que a sus padres, y él se alegraba de no haber tenido que compartir toda la vida con una mujer tan fría como aquella. Ambos habían continuado con sus vidas.

Sin embargo, después de verla en la puerta del despacho de Di Santis, de recordar el sabor de sus labios y cómo había disfrutado estando con ella, viéndola sonreír, pensando en la vida que construirían juntos, sintió que no había avanzado nada. Y eso lo enfureció.

Marco se apartó de ella y se apoyó en la encimera.

–No quiero nada de ti. Ya no –abrió la lata de tomate y echó el contenido en una olla–. Al verte otra vez me han surgido muchas preguntas –repuso con frialdad–. Y puesto que nunca obtuve respuestas, me gustaría tenerlas ahora.

–Lo comprendo –dijo ella con tono de tristeza.

–¿De veras? –él se volvió hacia la comida que estaba preparando y no dijo nada más. Notaba que la rabia cedía en su interior y que se sentía triste. No quería que fuera así. Había superado lo de Sierra. Después de todo, nunca la había amado, aunque sí la había deseado. Y mucho.

Él nunca había sentido amor hacia ella, y no tenía intención de sentirlo por nadie.

La miró de reojo y vio cómo su pecho se movía al respirar bajo la camiseta que llevaba. Al ver sus pezones a través de la fina tela, el deseo se apoderó de él. Todavía la deseaba.

¿Y ella lo deseaba a él? La respuesta lo intrigaba y, aunque sabía que no sucedería nada entre ambos, quería saber la respuesta.

Solo había una manera de descubrirlo. Estiró el brazo para agarrar la sal y le rozó el pecho durante un segundo. Oyó que ella respiraba hondo y vio que daba un paso atrás. Cuando la miró, observó que se había sonrojado.

Marco se contuvo para no sonreír de satisfacción. Ella lo deseaba. Sería fácil seducirla y sería una buena venganza, pero ¿era eso lo que deseaba obtener de Sierra? ¿Un momento de placer?¿Demostrarle que se había equivocado?

–¿Qué vas a hacer con la finca? –preguntó ella, aclarándose la garganta–. ¿Vivirás aquí o la pondrás a la venta?

–No lo he decidido –su idea de venganza fue reemplazada por un sentimiento de culpa ligado a haber recibido la herencia que le correspondía a Sierra. Arturo había insistido en que lo consideraba como un hijo, más de lo que consideraba a Sierra, a pesar de que era su hija–. ¿Hay algo de la finca que te gustaría tener? ¿O del *palazzo* de Palermo? ¿Algún retrato o recuerdo de familia?

–No, no quiero nada –repuso ella.

Permanecieron en silencio y, hasta que no estuvieron sentados a la mesa, ninguno dijo nada.

–Siempre me ha gustado este sitio de la casa. Solía desayunar aquí. La cocinera siempre insistía en que debía comer en el comedor, pero yo no soportaba comer con todos esos retratos mirándome con desaprobación. Prefería estar aquí –sonrió con nostalgia.

Marco la imaginó de niña, sentada en aquella mesa cuando ni siquiera le llegarían los pies al suelo. Imaginó a su hija haciendo lo mismo y se esforzó para no pensar en ello. Los sueños que había tenido acerca de formar una familia se habían esfumado. Él nunca viviría allí con Sierra. Ni con nadie.

–Puedes quedarte la finca –le dijo con brusquedad–. Yo no la voy a utilizar. Y era tu casa familiar.

–¿Me estás ofreciendo la finca?

Él se encogió de hombros.

–¿Por qué no? Yo no necesito nada de la herencia. Lo único que quería era las acciones de Rocci Enterprises –para tener el control del imperio que había ayudado a construir.

–Por supuesto, ese era el motivo por el que querías casarte conmigo.

–¿Qué quieres decir? –la miró sorprendido–. ¿Eso es lo que piensas? ¿Que quería casarme contigo por interés personal?

–¿Puedes negarlo? ¿Qué mejor manera de promocionarse que casarse con la hija del jefe? –Sierra le sostuvo la mirada y, a pesar de la frialdad de su voz, él pudo percibir dolor en sus ojos.

–No negaré que había ciertas ventajas al casarme contigo –dijo él.

Ella soltó una carcajada.

–Nunca te habrías fijado en mí si no me hubiera apellidado Rocci.

–Eso no es del todo cierto, pero nos presentó tu padre. Siempre he sabido que eras una Rocci.

–Y él lo organizó todo, ¿no? El motivo por el que nos presentó era que pudieras casarte conmigo.

–Tú lo sabías...

–Sí, lo sabía.

–Entonces, ¿de qué te quejas? Tu padre estaba preocupado por tu bienestar. Tenía sentido que, en el caso de que nos lleváramos bien, nos animara a casarnos. Así se aseguraría de que su hija estuviera bien cuidada y de que su negocio estuviera en buenas manos.

–Parece de la época medieval.

–Medieval, no –intervino Marco–. Yo diría siciliano. Era un hombre anticuado que vivía en un país que no había avanzado en ciertas cosas. Créeme, lo sé.

Ella lo miró con curiosidad.

–¿Por qué dices eso? ¿Por qué deberías saberlo mejor que nadie?

Él no debería haber dicho eso. No tenía intención de contarle a Sierra lo triste que había sido su infancia. Había olvidado el pasado, y sabía que no sería capaz de digerir sus penas.

–Ambos lo hemos sufrido de diferente manera –contestó él–, pero sí sabía que tu padre pretendía que nos casáramos, ¿por qué me culpas de ello ahora?

Sierra suspiró y se acomodó en la silla.

–Yo no...

–No te comprendo, Sierra. Quizá nunca lo hice.

–Lo sé. Y siento de veras que todo sucediera así. Si hubiese tenido más valor, más claridad de ideas, nunca habría llegado tan lejos. Nunca habría aceptado tu propuesta.

Marco se puso tenso tratando de contener la rabia y el dolor que sintió al oír las palabras de Sierra. Ella consideraba que toda su relación había sido un error. Sin embargo, él había tenido la intención de pasar el resto de su vida con ella, hasta que el día de su boda no apareció.

–No quería casarme contigo solo porque fuera un buen negocio para mí –comentó él.

–Supongo que ayudaba el hecho de que fuera joven. Y de que fuera dócil y obediente, ¿no? Dispuesta a complacer.

–¿Es así como lo veías?

–Así es como era.

Él sabía que había algo de verdad en las palabras de Sierra, pero no toda la verdad. Era guapa y él se había sentido atraído físicamente por ella. Había deseado acariciarla y sentir la cercanía de su cuerpo. Y todavía lo deseaba.

También le había gustado la idea de que él parecía gustarle a ella.

Por aquel entonces, Marco tenía casi treinta años y no había habido mucha gente que se fijara en él. Se había criado en las calles de Palermo y había pasado por media docena de casas de acogida hasta que a los dieciséis años decidió marcharse. Nadie lo había echado de menos.

Darse cuenta de que a Sierra Rocci le brillaban los

ojos cuando lo miraba había sido muy gratificante para
él. Lo había hecho sentir importante. Sin embargo, Sierra hablaba como si él hubiese sido frío y calculador, y
para él no era así.

–Solo estás teniendo en cuenta la mitad de los hechos –dijo él.

–Oh, estoy segura de que sentías cariño por mí y de
que, tarde o temprano, te habrías cansado de estar a mi
lado y yo me habría ofendido. Habría sido un desastre.

Él se disponía a contarle lo que había esperado que
sucediera. Que quizá habrían llegado a tener una buena
relación. Era cierto que él no la amaba, y que no quería
amarla. No quería correr ese riesgo emocional, pero
había confiado en que tendrían un buen matrimonio. Y
en que formarían una familia de verdad.

Ella lo miró de forma retadora y él decidió no hablar. ¿Para qué iba a decirle todo eso? No había nada
entre ellos, ninguna esperanza de futuro. Solo compar-
tían una intensa atracción física, algo de lo que él podría aprovecharse. ¿Y por qué no iba a hacerlo? ¿Por
qué no podía disfrutar de tener a Sierra Rocci en su
cama? Desde luego ya no era una mujer inocente y era
evidente que ella lo deseaba. Aunque no quisiera de-
searlo.

–Quizá tengas razón –dijo él–. En cualquier caso,
nunca nos diste la oportunidad de descubrir qué podía
haber pasado.

–Ya –comentó ella–. Me alegro de que te hayas dado
cuenta.

Marco ladeó la cabeza.

–Creo que voy a acostarme –continuó ella, ponién-
dose en pie y llevando el plato al fregadero–. Ha sido
un día largo y mañana tengo que madrugar para tomar
mi vuelo.

–Muy bien.

Ella se volvió hacia él.

–Buenas noches.

Marco sonrió y la miró fijamente a los ojos, disfrutando al ver que se le agrandaban las pupilas y que se le entrecortaba la respiración.

–Permíteme que te acompañe a la habitación.

–No es necesario.

Él se levantó de la mesa y se acercó a ella.

–Sí, lo es –le aseguró con una sonrisa depredadora.

Capítulo 5

SIERRA no podía dormir, pero permaneció tumbada en la cama doble del dormitorio para invitados, al que Marco la había acompañado unas horas atrás, mientras la lluvia golpeaba sobre el tejado.

Sabía que no se había imaginado el nerviosismo que se había apoderado de ella cuando él le dio la mano para guiarla por el pasillo oscuro hasta la habitación.

Odiaba la manera en que su cuerpo había reaccionado ante él, sin embargo, había tratado de convencerse de que era algo natural y comprensible. Marco era un hombre atractivo y viril, y ella había reaccionado ante su presencia en otras ocasiones. Quizá no pudiera controlar la manera en que su cuerpo reaccionaba, pero sí podía controlar sus actos, así que retiró la mano. Él la miró con una sonrisa y ella tuvo la sensación de que sabía muy bien lo que estaba pensando, y sintiendo.

No obstante, él no actuó en consecuencia. Simplemente la llevó hasta el dormitorio y ella permaneció allí, esperando, mientras él encendía las luces y comprobaba que las persianas estuvieran cerradas.

Durante un segundo, Sierra pensó que él iba a besarla. Se había detenido delante de ella, mirándola a los ojos, y ella permaneció quieta, expectante...

Si él la hubiera besado, ella no habría podido resistirse.

Finalmente, Marco no la había besado. La expresión

de su rostro se volvió indescifrable y lo único que hizo fue despedirse de ella dándole las buenas noches.

«Menos mal». No había ningún motivo para sentirse decepcionada por ello.

Sierra decidió levantarse de la cama. Necesitaba escuchar un poco de música. La música siempre le había servido de consuelo y cuando tocaba el violín conseguía olvidar las penas del día a día. Aunque allí no tenía su violín. Lo había dejado en Londres.

Sabía que en la finca había un piano y era mejor que nada. Tocar la ayudaría a escapar de sus propios pensamientos. Salió de la habitación y se dirigió al piso de abajo donde se encontraba la sala de música. Encendió la luz y abrió la tapa del piano. Presionó una tecla y, al ver que estaba tremendamente desafinado, puso una mueca.

No importaba. Se sentó al piano y comenzó a tocar bajito para no despertar a Marco. Enseguida, la música la ayudó a olvidar sus preocupaciones. Cerró los ojos, y se entregó a la pieza que estaba tocando, olvidándose de sus padres, de su pasado, de Marco.

No sabía cuándo se había percatado de que no estaba sola. Notó un cosquilleo en la nuca y abrió los ojos. Marco estaba en la puerta de la sala, vestido únicamente con el pantalón de pijama y mirándola fijamente. Sierra dejó de tocar y la sala se inundó de silencio.

—No sabía que tocabas el piano —dijo él, con voz adormilada.

—En realidad no lo toco —contestó, consciente de lo atractivo que estaba Marco con el torso desnudo. Parecía el protagonista de un anuncio de colonia—. He dado algunas clases, pero sobre todo soy autodidacta.

—Es impresionante.

Ella se encogió de hombros con nerviosismo. El hecho de que Marco estuviera tan cerca, comportándose como si la admirara, la dejó sin habla.

–Ni siquiera sabía que tocabas música –dijo él, acercándose más a ella.

Sierra percibió su aroma masculino y sintió un nudo en el estómago.

–El violín es mi instrumento preferido, pero no es algo que suelo contar a la gente. Es algo privado –se obligó a mirar a Marco. Había sido una idiota al salir de su habitación, sin embargo, sabía que lo había hecho porque deseaba aquello. A él. Y aunque el deseo se hubiera apoderado de ella, el sentido común la hizo retroceder–. Siento haberte molestado. Me he dejado llevar por la música –se levantó del piano.

–Sonaba de maravilla.

–Está muy desafinado.

–Aun así.

Él la miró fijamente y Sierra se estremeció. Cuando él le acarició la mejilla y el labio inferior, ella se quedó sin respiración. El corazón le latía con fuerza. Había deseado que sucediera aquello y, aunque tenía miedo, todavía lo deseaba.

–Es casi tan maravilloso como tú. ¿Te das cuenta de lo bella que eres, Sierra? Siempre lo he pensado. Me cautivaste con tus encantos, desde el primer momento en que te vi en el *palazzo*. ¿Lo recuerdas? Estabas en el estudio y llevabas un vestido rosa. Parecías una flor.

–Lo recuerdo –susurró ella. Por supuesto que lo recordaba. Ella lo había observado acariciar al gato y había notado que su corazón se llenaba de esperanza y deseo.

–¿Recuerdas cuando te besé? –preguntó Marco, sin dejar de acariciarle el labio.

–Sí –susurró de nuevo–. Lo recuerdo.

–Te gustaban mis besos –comentó él, esperando que

ella lo negara. Al ver que permanecía en silencio, añadió–: ¿No lo niegas?

–No.

–Creo que todavía te gustan –comentó, atrayéndola
hacia él.

Ella sabía que iba a besarla y deseaba que lo hiciera.
También sabía que era una mala idea, peligrosa, teniendo en cuenta todo lo que había sucedido entre
ellos. Sin embargo, no se resistió.

Marco la besó en los labios con delicadeza y ella
tuvo que apoyar las manos en sus hombros para no
tambalearse. Su piel era tersa y cálida, y Sierra no pudo
evitar acariciarle la espalda.

Marco le sujetó el rostro y la besó de forma apasionada, introduciendo la lengua en su boca. Después,
deslizó la mano sobre sus hombros y le acarició los
senos, tal y como había hecho aquella noche bajo el
árbol. Sierra sintió ganas de gritar cuando le acarició
los pezones con el dedo pulgar.

–Marco –lo llamó gimoteando. No sabía para qué.
¿Deseaba pedirle que continuara o que parara de una
vez?

Él comenzó a besarla en el cuello y después deslizó
la mano por debajo de la camiseta para acariciarle los
senos y sentir la suavidad de su piel. Era demasiado, sin
embargo, ella deseaba más.

–Te deseo –dijo él.

Sierra solo pudo asentir. Él la sujetó por la barbilla
para que lo mirara.

–Dímelo, Sierra. Dime que me deseas.

–Te deseo –susurró ella.

Marco la miró con triunfo y le quitó la camiseta.
Ella no llevaba ropa interior, así que, se quedó completamente desnuda. Marco la atrajo hacia sí y ella co-

menzó a respirar de forma agitada. El roce de sus pieles desnudas la hizo estremecer. Marco la sujetó por las caderas y la apretó contra su cuerpo. Ella notaba su miembro erecto por encima del pijama.

Marco la sentó en el asiento del piano y le separó las piernas para colocarse entre ellas. Ella echó la cabeza hacia atrás y él la besó en el cuello y en los senos. Cuando Sierra gimió, él la miró y se agachó para besarla en el centro de su feminidad.

–Oh –gimió ella, arqueándose contra su boca–. Oh –le acarició el cabello y se arqueó de nuevo contra él. Marco la sujetó por las caderas y, al cabo, de unos momentos, ella estalló de placer.

Mientras ella jadeaba apoyada en el piano con el cuerpo tembloroso, Marco levantó la cabeza para mirarla con satisfacción. De pronto, ella lo comprendió todo. Él había tratado de demostrarle algo, y lo había hecho.

Temblando y sonrojada, Sierra cerró las piernas y se separó de Marco. La intensidad del momento había terminado y ella había quedado expuesta, herida y avergonzada. Se había comportado de manera lasciva mientras que Marco había mantenido el control. Como siempre.

–Al menos ahora conoces una parte de lo que te perdiste –dijo él, dejándola boquiabierta.

–Supongo que ya has demostrado lo que querías –dijo ella, antes de agarrar su camiseta y salir de la sala.

Marco se dirigió al piso de arriba, insatisfecho y arrepentido. Se había comportado como un canalla y necesitaba darse una ducha de agua fría. Una vez en el baño de su dormitorio, abrió el grifo y se colocó bajo el chorro de agua helada. Ni siquiera así consiguió calmar el fuego que recorría su cuerpo, un fuego de vergüenza y deseo.

Había deseado a Sierra mucho más de lo que nunca había deseado a otra mujer. Más de lo que él creía posible. La manera en que Sierra había reaccionado, su dulzura, su inocencia...

Intentó no pensar en ello. No necesitaba recordar lo bien que se había sentido. Era mejor que recordara su mirada de incertidumbre y de vergüenza, y el hecho de que había sido lo bastante despreciable para buscar venganza, obligándola a que reaccionara ante él. A pesar de que lo había rechazado en una ocasión.

Él se había sentido tentado a seducirla, y podía haberlo hecho cuando la acompañó a su habitación, pero se resistió porque se consideraba un hombre mejor que todo eso.

Al parecer, no lo era.

Marco cerró el grifo y se enrolló una toalla a la cintura. Consciente de que no podría dormir, buscó su ordenador y lo encendió para trabajar.

Al amanecer tenía los ojos cansados y el cuerpo dolorido, pero al menos había dejado de llover. Miró por la ventana y se fijó en lo descuidado que estaba el jardín. Decidió que contrataría un jardinero para que lo arreglara antes de poner la finca a la venta. No quería saber nada de aquel lugar.

Cuando se dirigió al piso de abajo, Sierra ya estaba en la cocina. Llevaba la misma ropa del día anterior y el cabello recogido.

Marco dudó un instante desde la puerta, preguntándose si debía mencionar algo acerca de lo sucedido. ¿Qué podía decir? En cualquier caso, parecía que Sierra quería actuar como si no hubiera sucedido nada, y quizá fuera lo mejor.

–Debemos ponernos en marcha si tu vuelo sale esta tarde.

–¿Debemos? Yo conduciré.

–La carretera continua intransitable y tu coche de alquiler no es más que una lata con ruedas. Yo te llevaré. Mi coche circula bien con mucha agua.

–¿Y qué hago con el coche alquilado?

–Le pediré a alguien que venga a buscarlo y lo lleve a la agencia de alquiler. No hay problema.

Sierra se humedeció los labios.

–Pero...

–Tiene sentido, Sierra. Y créeme, no tienes que preocuparte por que vuelva a repetirse lo de ayer. No pienso tocarte nunca más.

–Y yo no pienso dejar que me vuelvas a tocar.

Él estuvo tentado de demostrarle que se equivocaba, pero se controló. Cuanto antes saliera Sierra de su vida, mejor.

–Parece que estamos de acuerdo. Ahora, preparémonos para irnos –Marco agarró las llaves y apagó la luz antes de que Sierra saliera de la cocina. Una vez fuera, cerró la casa y abrió el coche para que Sierra se subiera.

Una vez dentro del vehículo, inhaló su aroma a limón y notó un nudo en la garganta. Las próximas tres horas iban a ser muy largas.

Condujeron en silencio hasta la puerta de la finca. Cuando se cerraron las puertas, Sierra suspiró.

–¿Te alegras de irte?

–No exactamente –contestó ella–, pero los recuerdos pueden ser difíciles de manejar.

Él no podía discutir. También tenía recuerdos difíciles acerca de cuando su padre lo apartó de su vida o cuando su madre lo dejó en la puerta de un orfanato cuando tan solo tenía diez años. También de las diferentes casas de acogida, y de los interminables minutos que estuvo esperando frente a la iglesia.

Sierra estaba mirando por la ventana, como si lo hubiese descartado para siempre. O como si él fuera a descartarla de por vida. Para bien o para mal, lo que había sucedido la noche anterior serviría para dejar a un lado el pasado. Quizá incluso había servido para llegar a un empate con ella. En cualquier caso, por fin había cortado el lazo que lo mantenía unido a Sierra Rocci. Para siempre.

Apretando los dientes, Marco miró hacia delante y condujo en silencio hasta Palermo.

Capítulo 6

NECESITAS a Sierra Rocci.

Marco se movió en la silla para mirar por la ventana.

–He sido la mano derecha de Arturo durante casi diez años. No la necesito.

Paolo Conti, su segundo de a bordo y confidente más próximo, suspiró–. Me temo que sí la necesitas, Marco. La junta directiva no aceptará que no haya un miembro de la familia Rocci al mando del negocio, al menos al principio. Y puesto que dentro de unas semanas se inaugura el hotel en Nueva York...

–¿Qué pasa con eso? Todo marcha según los planes.

Él había supervisado en persona el proyecto del primer hotel que Rocci Enterprises iba a abrir en Norteamérica. De hecho había sido su idea expandir y dar una nueva dirección a la lujosa cadena de hoteles. Su credibilidad como director ejecutivo dependía del éxito de The Rocci New York.

–Eso es cierto –contestó Paolo–, pero en los setenta años de Rocci Enterprises, siempre ha habido un miembro de la familia Rocci en la junta directiva.

–Las cosas cambian.

–Sí –admitió Paolo, pasándose la mano sobre el cabello cano–, pero durante los últimos setenta años los hoteles siempre los ha inaugurado un Rocci. Palermo,

Roma, París, Madrid, Londres, Berlín. Un Rocci estuvo presente en cada uno de ellos.

–Lo sé –él había visto algunas de las grandes inauguraciones. Empezó a trabar en Rocci Enterprises cuando tenía dieciséis años, como botones en el hotel de Palermo. Había visto a Sierra entrar con sus padres al hotel para ir a comer en el lujoso comedor. Recordaba la manera en que caminaba de la mano de sus padres, con elegancia. La familia perfecta.

–El cambio forma parte de la vida –dijo Marco–, y Arturo Rocci me dejó sus acciones en herencia. La junta directiva tendrá que adaptarse –había pasado casi un mes desde que había dejado a Sierra en el aeropuerto de Palermo. Cuatro semanas desde que ella se alejó de él y Marco trató de convencerse de que era lo mejor. Ella ni siquiera había mirado hacia atrás.

Él ya no estaba enfadado con ella, pero no sabía lo que sentía. Eso sí, no eran emociones positivas.

–No es tan sencillo, Marco –dijo Paolo. Había trabajado con Rocci Enterprises durante décadas y Marco confiaba en su capacidad y sabiduría.

–Puede serlo –insistió él.

–Si la junta directiva considera que te distancias mucho de los valores de la familia Rocci podrían retirarte el voto de confianza.

Marco se puso tenso.

–Llevo en esta empresa más de diez años. Y tengo participación mayoritaria en la empresa.

–La junta directiva ha de verte en público, actuando como director ejecutivo. Necesitan creer en ti.

–Bien. Asistiré a numerosos eventos.

–Con un Rocci –aclaró Paolo–. Y como bien sabes, Sierra es el único miembro de la familia Rocci que queda –el hermano de Arturo había muerto sin descendencia varios años antes–. La transición ha de ser suave. Tanto para la junta directiva como para el público. Arturo no fue capaz de hacerlo mientras estaba con vida...

–Estaba enfermo.

–Lo sé. Estoy seguro de que se habría ocupado de esto si hubiera podido.

Aunque Arturo no había hecho a Marco beneficiario de su testamento hasta casi el final. Marco sospechaba que el hombre esperaba que Sierra regresara, y mantener el negocio dentro de la familia. Inquieto, Marco se levantó de la silla y paseó por el despacho. Había entregado su vida a Rocci Enterprises. Todavía recordaba la alegría que había sentido cuando Arturo lo había trasladado a trabajar a una oficina para que dejara de cargar maletas. Arturo Rocci había percibido su potencial y lo había ayudado a ascender. Y él había devuelto el favor con creces, consiguiendo que aumentaran los ingresos de Rocci Entrerprises. Sin embargo, temía que la junta directiva siguiera considerándolo un chico de la calle con otro tipo de intereses.

Suspirando, se sentó de nuevo en la silla. Lo que Paolo le decía tenía sentido. Pasar de ser el segundo de a bordo a convertirse en el rostro público de Rocci Enterprises era algo que debía producirse poco a poco. Lo único que necesitaba era asistir a algunos eventos clave, con Sierra.

Teniendo en cuenta cómo se habían separado, dudaba de que Sierra Rocci quisiera ayudarlo en ese tema. Quizá él ya no se sintiera enfadado con ella, pero ella podía seguir enfadada por la manera que había tenido de seducirla en la finca. Suspirando de nuevo, cerró los ojos y se frotó las sienes, tratando de disminuir la tensión que sentía.

No quería necesitar a Sierra. Y, desde luego, no quería pedir favores, pero Rocci Enterprises significaba todo para él. No podía permitirse arriesgar su bienestar.

–¿Y bien? –preguntó Paolo–. ¿Crees que Sierra Rocci estará de acuerdo? Sé que tenéis una historia... –hizo una pausa, y Marco abrió los ojos.

–Conseguiré que esté de acuerdo –contestó él. ¿Cómo conseguiría que Sierra aceptara ir a Nueva York? Siete años atrás, ella lo había acusado de ser un manipulador y de haber intentado asegurar su puesto en Rocci Enterprises a base de jugar con sus sentimientos. En aquel entonces, no era del todo cierto, pero en esos momentos sí podría serlo–. No te preocupes –añadió con una sonrisa–. Sé cómo manejarla.

–Por favor, Chloe, tócala de nuevo.

Sierra le pidió a su alumna que tocara *Twinkle, Twinkle, Little Star,* por tercera vez. Le encantaba dar clase de música a niños como actividad extraescolar, pero no siempre le resultaba agradable a sus oídos.

Durante las últimas semanas, Marco Ferranti aparecía a menudo en su pensamiento. El encuentro romántico que habían tenido en la sala de música,había ocupado sus sueños y la había dejado con una mezcla de vergüenza y deseo.

Había muchas cosas que no comprendía de Marco. Su rabia por haberlo abandonado siete años atrás y sus momentos de generosidad e incluso ternura que le había mostrado. ¿Cuál de los dos era el verdadero hombre? ¿Y por qué diablos seguía pensando en él?

–¿Señorita Rocci?

Sierra miró a la pequeña que tenía delante.

–¿Sí, Chloe?

–Ya he terminado.

–Sí, claro –murmuró Sierra–. Lo has hecho muy bien. ¿Por qué no pruebas a tocar esta otra pieza?

Una hora más tarde, Sierra recogió sus cosas y salió de la escuela donde impartía las clases de música. Había tardado algunos años, pero había conseguido sacar adelante un pequeño negocio impartiendo clases de música en diferentes colegios de Londres.

Nada más marcharse de Sicilia averiguó que Mary Bertram, la amiga de su madre, seguía viviendo en Londres. Mary la había acogido y la había ayudado a encontrar su primer trabajo. Ella había muerto hacía tres años y para Sierra había sido como si se le hubiera muerto otra madre.

Ya en la calle, Sierra se dirigió hacia el metro. La gente salía de las oficinas y hacía planes para la tarde. Sierra los miraba con cierta envidia. Ella nunca había tenido mucha capacidad para hacer amigas y, en los siete años que llevaba en Londres, no tenía a nadie cercano. Tampoco había tenido amantes, ni novios, nada más que un puñado de citas que no habían ido a ningún sitio.

–Hola, Sierra.

Sierra se detuvo en seco al ver a Marco Ferranti.

–¿Qué haces aquí? –le preguntó cuando consiguió recuperar el habla.

–He venido a buscarte

Ella se estremeció. ¿Había ido a Londres solo para buscarla?

–¿Cómo sabías dónde estaba?

–La información se encuentra con facilidad.

–No sé para qué quieres hablar conmigo, Marco.

–¿Hay algún sitio donde podamos hablar en privado?

Ella miró a su alrededor y se encogió de hombros.

–En realidad no.

–Entonces, deja que yo encuentre el lugar –Marco sacó el teléfono del bolsillo y marcó un número. Al cabo de unos momentos, colgó y dijo–: Ya he encontrado un sitio.

–Así, ¿sin más?

–Así, sin más –contestó Marco, y la guio por la calle con la mano apoyada en su espalda.

Minutos más tarde estaban entrando en una vinoteca con sofás de terciopelo y mesas de teca. Sierra se sorprendió al ver que habían preparado para ellos un rincón privado, con una botella de vino y dos copas.

–Buen servicio –comentó.

–Puesto que eres una Rocci, debes de estar acostumbrada a un trato así –contestó Marco, y gesticuló para que se sentara mientras él servía el vino.

–Quizá, pero ha pasado algún tiempo –durante los siete años que llevaba en Londres había vivido de otra manera. Los días de lujo y privilegio por ser la hija de Arturo Rocci habían terminado.

–Toma –Marco le entregó una copa y ella bebió un sorbo.

–¿Qué quieres de mí? –preguntó ella, y se preparó para la respuesta.

Marco no estaba dispuesto a revelar sus intenciones tan fácilmente.

–No sabía que eras profesora de música.

–Enseño a niños después del colegio.

–Y tocas el piano y el violín.

–Solo en privado –se sonrojó al ver que Marco la miraba fijamente. Sabía que ambos estaban pensado en la última vez que había tocado, y en la intimidad que habían compartido.

–Me gustaría oírte tocar el violín. Me gustaría que tocaras para mí.

Sierra no pudo evitar que el deseo se apoderara de ella. Su voz era sensual, y sus palabras provocaron que imágenes eróticas inundaran su cabeza.

Sierra negó con la cabeza, tratando de controlar sus pensamientos.

—¿Por qué te comportas así, Marco?

Él bebió un sorbo de vino y arqueó una ceja.

—¿Cómo?

—Como un... Como un amante —soltó ella, y se sonrojó—. La última vez que nos vimos parecías contento de librarte de mí.

—He de confesarte que tú también.

—Teniendo en cuenta las circunstancias, y sin mencionar el pasado, sí.

—Lo siento por la manera en que me comporté —dijo Marco—. En la sala de música, cuando te hice el amor. Intentaba demostrarte que todavía me deseabas y fue una tontería. Lo siento —sonrió—. Aunque pareciera que lo disfrutaste.

Sierra se sonrojó y no supo qué contestar.

—Gracias por tu disculpa —murmuró al fin—. Aunque todavía no sé qué haces aquí.

Marco se movió en la silla y le rozó la pierna con el muslo. El contacto hizo que ella se estremeciera y tuvo que contenerse para no separarse de él. No quería demostrarle lo mucho que la afectaba. Él ya lo sabía.

—He estado pensando en ti, Sierra. Mucho.

Sierra notó que se le secaba la boca y se le aceleraba el corazón. Seguía sospechando acerca de sus intenciones. Negó con la cabeza y dijo:

—Marco...

—He estado pensando que es injusto que no recibieras nada de la herencia de tu padre.

—No me importa la herencia de mi padre.

–Pues debería importarte. Tienes derechos de naci-
miento.

–¿Aunque me alejara de mi familia? En el despacho
de Di Santis me pareció que pensabas que estaba reci-
biendo lo que me merecía. Casi nada.

–Estaba enfadado –admitió Marco–. Lo siento.

Demasiadas disculpas. Ella no sabía qué hacer con
ellas. No llegaba a confiar del todo en él.

–Ya todo es pasado, Marco. Dejémoslo ahí.

–Creo que deberías tener un cargo en Rocci Enterprises.

Ella se sorprendió. Si acaso, había esperado que él
volviera a ofrecerle la finca, o algunos retratos, pero no
el negocio de su padre.

–Nunca he tenido un cargo en Rocci Enterprises –su
padre era de los que creía que las mujeres no deben
meterse en negocios. Sierra había dejado los estudios a
los dieciséis años, por deseo de su padre.

–Se va a abrir un hotel nuevo en Nueva York –continuó Marco–. Será el hotel más lujoso de la cadena, y
creo que tú deberías estar allí. Te mereces estar allí.

–¿En Nueva York? –lo miró con incredulidad.

–Inauguraste cuatro hoteles antes de cumplir los
diecinueve –le recordó Marco–. La gente está acostumbrada a que un miembro de la familia Rocci corte la
cinta. Tu deberías ser quien lo haga.

–Yo no he tenido nada que ver con ese hotel ni con
ninguno de ellos –la idea de inaugurar uno de los hoteles de su padre le parecía repulsiva. Era jugar a las fa-
milias felices, pero desde la tumba. ¿Cuántas veces
había sonreído al público mientras su madre saludaba,
vestida con ropa de manga larga para ocultar las mora-
duras?

No tenía ningún deseo de revivir esos momentos.

–Te agradezco que me tengas en cuenta –le dijo–, pero no necesito inaugurar el hotel. No deseo hacerlo.

Marco frunció el ceño.

–¿Por qué no?

Sierra bebió un sorbo de vino. No quería contarle a Marco la verdad sobre su familia porque pensaba que él no la creería y, además, no quería que se compadeciera. Era vergonzoso admitir que había permitido que abusaran de ella aunque solo fuera una niña. ¿Y si él no la creía? ¿Y si la acusaba de mentir o de manchar el nombre de su padre? O quizá la creería, pero pensaría que su padre tenía motivos. Sierra no sabía cómo reaccionaría él, pero no tenía intención de descubrirlo.

–¿Sierra? –él se inclinó hacia delante y le agarró la mano.

Ella se percató de que estaba temblando y trató de controlarse.

–Como te he dicho, el pasado es pasado, Marco. No necesito formar parte de Rocci Enterprises. Lo dejé todo atrás cuando me marché de Sicilia –forzó una sonrisa–. Gracias por pensar en mí.

Marco no le soltó la mano. Su contacto era cálido y reconfortante, aunque no debería ser así. A pesar de que ella seguía sin confiar en aquel hombre, Sierra no retiró la mano.

Un sentimiento de frustración invadió a Marco mientras trataba de averiguar en qué estaba pensando Sierra. Era evidente que su enfoque había fallado. Él confiaba en que Sierra aceptara su sugerencia, que se alegrara de tener la oportunidad de volver a ser una Rocci.

Le soltó la mano y dijo:

–No parece que tengas buenos deseos para Rocci Enterprises, y eso que hubo un tiempo en el que estuviste unida a tu familia.

–No siento nada por Rocci Enterprises. Nunca formé parte de ello.

–Asistías a todas las inauguraciones...

–Por imagen.

–¿Por imagen? A mí me parecía muy real.

–Eso se pretendía.

–¿Qué quieres decir? Sé que tus padres te quisieron mucho, Sierra. Vi cómo reaccionaron cuando te marchaste. Estaban destrozados. Los dos. Tu padre no podía hablar de ti sin que le afloraran las lágrimas a los ojos. Y tú ni siquiera les escribiste una carta diciendo que estabas a salvo.

Su tono era acusador y Sierra lo notó.

–¿No crees que mi padre podría haberme encontrado si hubiese querido?

–Por supuesto que te habría encontrado. Era un hombre muy poderoso.

–Entonces, ¿por qué crees que no lo hizo?

Marco dudó un instante.

–Sierra –dijo al fin–. No tengo una idea equivocada acerca de tu padre. Sé que era un hombre orgulloso y, a veces, despiadado, pero era honrado. Tú le hiciste mucho daño cuando te marchaste. Aunque él nunca lo admitiera.

–Por supuesto –Sierra negó con la cabeza–. ¿Por qué me has pedido que vaya a Nueva York? ¿El verdadero motivo cuál es?

–¿Qué quieres decir?

–Quiero decir que no me estás diciendo la verdad. Al menos, no toda la verdad. Esto no es un gesto de caballerosidad, ¿no? No es un impulso benévolo que te sale de tu corazoncito –negó con la cabeza–. He estado a punto de creer que era sí. Casi me creo todo, porque he estado a punto de ser estúpida otra vez.

–¿Otra vez?

–Hace siete años confié en ti...

–No fui yo quien quebró el compromiso –soltó Marco.

Sierra se inclinó hacia delante, mirándolo con rabia.

–¿Y dices que ya no estás enfadado? ¿A qué has venido? ¿Para qué estoy aquí? –se cruzó de brazos y lo miró fijamente–. ¿Qué es lo que quieres de mí en realidad?

Capítulo 7

SIERRA no podía creer lo ingenua que había sido. Una vez más había querido creer lo mejor de Marco Ferranti, había deseado confiar en él. ¿Es que no había aprendido nada? Daba igual lo amable que pudiera parecer, él había sido el aprendiz de su padre durante diez años. Había querido casarse con ella porque eso lo ayudaba a escalar en la empresa. Y, sin embargo, había algo en ella que seguía deseando que él fuera un hombre amable.

–¿Y bien? –le preguntó–. ¿He conseguido dejarte sin habla?

–Estás sacando conclusiones anticipadas –dijo Marco.

–Entonces, ¿por qué no intentas ser sincero?

–Estaba siendo sincero. Creo que deberías tener un cargo en Rocci Enterprises. De hecho, si me hubieras dado la oportunidad, te habría dicho que estoy preparado para devolverte la mayor parte de la herencia.

–Eres muy generoso –contestó Sierra con sarcasmo–. Estás preparado para darme la mayor parte de la herencia. Algo muy noble por tu parte.

–¿Quieres más?

–No quiero nada más que la verdad. Deja de intentar manipularme. Solo dime lo que quieres.

Sus miradas se encontraron y, a pesar de que la rabia se hacía patente entre ellos, Sierra sintió una ola de deseo y no pudo evitar recordar la manera en que él había explorado su boca, su cuerpo... y lo mucho que le había gustado.

Al ver cierto brillo en la mirada de Marco, supo que él también lo estaba recordando.

¿Qué diablos le estaba pasando? ¿Cómo podía desear a un hombre en el que no podía confiar? ¿Cómo era posible que su reacción física fuera tan intensa?

—Sigo esperando —soltó ella.

—Que seas tú quien inaugure el hotel de Nueva York también me beneficia a mí —soltó Marco—. Está bien, lo admito. Al público le gustará ver que una Rocci corta la cinta.

Sierra se apoyó en el respaldo.

—Así que intentabas hacer que pareciera que estabas siendo simpático y considerado, cuando en realidad querías que yo fuera por tu bien.

—Por el bien de la empresa. Quizá no tengas mucho interés en Rocci Enterprises, pero ¿te gustaría verla quebrar? Setenta años de historia, Sierra, y la mayor parte de mi vida.

—No me importa Rocci Enterprises —dijo ella—. No me importa si quiebra.

—¿No te importa la empresa de tu familia?

—La única familia que queda soy yo, y me gano la vida trabajando. Deja de intentar que me sienta culpable por esto.

—¿Y qué hay de la vida de los empleados? En el hotel de Nueva York trabajarán quinientas personas. Si el hotel fracasa...

—El hotel no va a fracasar porque yo no esté allí —dijo Sierra—. Mi padre ha abierto varios hoteles en los últimos siete años. Yo no he ido a ninguno de ellos. No es necesario que vaya, Marco.

—Como bien has dicho, eres la única Rocci que

queda y la gente quiere verte –hizo una pausa–. La junta directiva quiere verte.

–Ah –todo empezaba a cobrar sentido–. Tu trabajo está en riesgo.

–Tengo una participación mayoritaria en la empresa.

–¿Y si pierdes la confianza de la junta directiva y del publico? –ella negó con la cabeza–. No quedaría muy bien.

Sierra se sentía furiosa. Estaba enfadada y dolida por el hecho de que él hubiera intentado utilizarla. Otra vez. Y por haber estado a punto de dejarlo.

–Me marcho –dejó la copa de vino sobre la mesa y se levantó–. Gracias por la copa –dijo, y salió a la calle.

Avanzaba por la acera a paso rápido cuando oyó la voz de Marco.

–Te necesito, Sierra. Lo admito.

Ella aminoró el paso.

–Me gustaría no necesitarte –había cierto tono en su voz que ella no había oído nunca–. No quiero estar a tu merced. Ya lo estuve una vez y no fue nada agradable.

Ella se volvió despacio y se sorprendió al verlo allí, exponiéndose de un modo que nunca había visto antes.

–¿Cuándo estuviste a mi merced?

–Cuando estaba frente a la iglesia esperando a que aparecieras para celebrar nuestra boda –dio un paso adelante–. ¿Por qué ibas a ayudarme? No quería preguntártelo sin más. No sentía que pudiera hacerlo, porque no quería que me rechazaras –puso una mueca y Sierra comprendió que no le estaba resultando fácil aquella situación, que estaba siendo sincero–. Que me rechazaras otra vez.

–Marco...

–He pasado mi vida en Rocci Enterprises. Le di todo lo que tenía. He trabajado en la empresa desde los die-

ciséis años. Empecé como botones, algo que seguramente tú no sabes.

–Trabajabas de botones... –Sierra negó con la cabeza. Siempre había imaginado que Marco había entrado como ejecutivo. Nunca lo había preguntado, y él
nunca había hablado de su pasado, ni de su familia.

–Tu padre vio que tenía potencial y me promocionó.
Desde un principio me trató como a un hijo. Y yo le di
todo a cambio. Todo.

–Lo sé –y su fidelidad había sido el motivo por el
que el padre de Sierra lo había elegido a él en lugar de
a ella.

Marco cerró los ojos un instante.

–La empresa es mi familia, mi vida. Perderla... –se
pasó la mano por el cabello–. No puedo soportar esa
idea. Siento haber intentado manipularte. Me disculpo
por no haber sido sincero contigo, pero tienes mi vida
en tus manos, Sierra, te guste o no. Sé que no sientes
amor, ni cariño, por mí, y acepto que no me lo merezco
por cómo me he comportado. Lo único que me queda,
lo único que puedo hacer, es ponerme a tu merced –la
miró a los ojos–. No es algo que habría elegido. Sin
embargo, aquí estoy.

La intención de Marco no era contarle nada de eso.
Había ido a ver a Sierra con la idea de mantener intacto
su orgullo y, sin embargo, lo había contado todo. Era
como si estuviera en la iglesia esperando a su prometida. Si ella lo rechazaba...

No podía saber qué estaba sintiendo ella. Se había
refugiado en esa pose fría que él tanto había admirado.
Marco esperó, sin tener ni idea de lo que haría si su
respuesta fuera no. Si ella se marchara.

–Iré a Nueva York –contestó ella–. E inauguraré el hotel.

–Gracias –contestó Marco, aliviado.

Ella asintió.

–¿Cuándo es?

–Dentro de dos semanas.

–Puedes enviarme los detalles –dijo ella y, durante un instante, titubeó, como si estuviera a punto de llorar. Después, se despidió, se volvió y se alejó de él.

Sierra miró por la ventana de su apartamento y vio que una limusina negra aparcaba junto a la acera. Marco había dicho que le enviaría un coche, y ella no se sorprendió de que fuera una limusina.

Su sorpresa fue que Marco bajara del vehículo, vestido con un traje azul oscuro y más sexy que nunca. Ella se había hecho a la idea de que se encontrarían en el aeropuerto pero, al parecer, Marco tenía otros planes.

Nerviosa, se alisó el vestido gris que había elegido para el viaje. No tenía mucha ropa elegante y, después de aceptar la propuesta de Marco, se dio cuenta de que no tenía ningún vestido para asistir a la inauguración del hotel, así que, se gastó parte de sus ahorros en comprarse un vestido de segunda mano y confió en que nadie se diera cuenta.

Marco llamó a la puerta y, tras respirar hondo, Sierra se dirigió a abrir.

–Hola, Sierra.

Oír su voz fue como si le hubieran retorcido el alma. Desde que él había admitido todo, ella se sentía llena de dudas, pero esperanzada. Por fin había conocido al hombre en el que podía confiar. El hombre que había visto siete años atrás. Y no sabía si debía alegrarse o

sentirse temerosa por ello. En cierto modo, le habría
resultado más sencillo odiar a Marco Ferranti.

–¿Estás preparada?

–Sí. Voy a por mi maleta.

–Ya la llevo yo –se acercó a recogerla–. ¿Es todo lo
que llevas?

–No necesito mucho más.

Él frunció el ceño y miró el pequeño salón amue-
blado con piezas de segunda mano.

–¿Qué tal si llevas una funda para colgar el vestido
de noche para la fiesta?

Ella pensó en el vestido de segunda mano que se había comprado.

–Está bien.

Marco contestó. Agarró la maleta y salió del apartamento. Sierra cerró la puerta y lo siguió.

Durante las dos semanas después de haber aceptado
acompañar a Marco a Nueva York, se había cuestionado
su decisión a menudo. Sin embargo, sabía que Marco
había hablado con sinceridad el día que mantuvieron la
conversación en la calle, y por eso había aceptado su
propuesta.

Aunque Sierra sabía que no la había aceptado solo
porque hubiese sido sincero. Era más complicado que
todo eso. Se sentía en deuda con él después de haberlo
dejado plantado siete años atrás. Y también porque deseaba verlo otra vez.

El conductor de la limusina recogió la maleta y la
metió en el maletero. Marcó abrió la puerta y esperó a
que Sierra entrara en el vehículo. Ella se colocó en el
otro extremo, y cuando Marco se sentó frente a ella, el
coche pareció muy pequeño.

Iban a ser tres días muy largos. Y emocionantes.
Quizá también había aceptado por eso. Por mucho que

le gustara su vida en Londres, era tranquila y previsible. La idea de pasar tres días de lujo en Nueva York, con Marco, era atractiva. Aunque no debería serlo.

Marco estiró las piernas y rozó la rodilla de Sierra. Ella no se movió para no demostrarle lo mucho que la afectaba su presencia. Ese simple roce había provocado que se le acelerara el pulso, y el aroma a loción de afeitar que invadía el ambiente no la ayudó a tranquilizarla.

—¿Estás bien? —preguntó Marco cuando vio que se ponía a mirar por la ventana.

—Ella se volvió un poco avergonzada.

—Sí, estoy bien.

—Toma un poco de agua —le dio una botella y, mientras ella bebía un trago, añadió—. Te agradezco que hagas esto.

Ella bajó la botella y lo miró.

—No es muy duro pasar unos días en Nueva York.

—Al principio no parecías muy dispuesta.

Ella suspiró y tapó la botella de nuevo.

—Recordar el pasado ha sido duro. Quiero continuar con mi vida.

—Te prometo que después de esto podrás hacerlo. No volveré a molestarte, Sierra.

Sus palabras deberían haberla hecho sentir aliviada, en lugar de decepcionada. Sin saber qué decir, Sierra asintió.

Después de aquellas palabras, la conversación se centró en temas banales, viajes, comida y películas.

Cuando llegaron al aeropuerto, Sierra se sentía mucho más relajada, pero cuando Marco la agarró del brazo al bajar de la limusina, todo su cuerpo se puso en alerta.

Él la guio hasta la zona VIP de embarque y, al ver que un camarero les llevaba una botella de champán, ella dijo:

–Esto es vida. ¿Qué celebramos?

–La apertura de The Rocci Nueva York –contestó Marco–. Sin duda has viajado en clase VIP en otras ocasiones.

–No, apenas he viajado. La primera vez que viajé fuera de Europa continental fue cuando vine a Londres.

–¿Ah, sí? –Marco frunció el ceño, sorprendido por la información. Era evidente que no conocía la realidad de su familia–. ¿Y cómo llegaste a ser profesora en Londres?

–Al principio fui voluntaria y recibí algunas clases. Empecé poco a poco, después se corrió la voz y me llamaron de varios colegios. No estoy formando a grandes músicos, pero me gusta y creo que los niños lo disfrutan.

–¿Y te gusta Londres?

–Sí. Es diferente, por supuesto, y podría vivir sin tanta lluvia, pero... –se encogió de hombros y bebió un sorbo de champán–, se ha convertido en mi casa.

–¿Tienes amigos?

–Algunos profesores y algunos vecinos –se encogió de hombros–. Estoy acostumbrada a estar sola.

–¿Por qué?

–Pasé la mayor parte de mi infancia en las montañas o en un colegio interno. No tenía mucha compañía.

–Supongo que tu padre era estricto y anticuado sobre ese tipo de cosas.

Sierra sintió un nudo en el estómago al pensar en ello.

–Supongo que sí.

–Aunque tenía buen corazón. Siempre quiso lo mejor para ti.

Sierra no contestó. Marco parecía seguro de lo que decía. Sincero. ¿Cómo iba a cuestionar sus palabras? No era el momento ni el lugar.

–Y para ti –dijo al cabo de unos instantes–. Te quería como a un hijo. Más de lo que nunca me percaté.

Marco asintió.

–Fue como un padre para mí. Mejor que mi propio padre.

–¿Por qué? ¿Cómo era tu padre?

–En realidad, no lo sé. Desapareció de mi vida cuando yo tenía siete años.

–¿Ah, sí? Lo siento –hizo una pausa–. Me doy cuenta de lo poco que sé sobre ti. Sobre tu infancia, sobre tu familia.

–Eso es porque no merece la pena hablar de ello.

–¿Qué le pasó a tu padre?

Marco se quedó en silencio unos instantes.

–Soy ilegítimo –dijo él–. Mi madre era camarera en uno de los hoteles de Palermo, pero no en uno de los Rocci –esbozó una sonrisa–. Mi padre era un ejecutivo del hotel. Casado, por supuesto. Tuvieron una aventura y mi madre se quedó embarazada. La vieja historia –se encogió de hombros.

–¿Y qué pasó?

–Nací yo y mi padre colocó a mi madre en un apartamento de una barriada de Palermo. Le dio lo justo para vivir. Él nos visitaba de vez en cuando, unas veces al año. Traía alguna baratija, y cosas que se olvidaban los clientes –negó con la cabeza–. No creo que fuera un hombre malo, pero era débil. No le gustaba estar con nosotros, yo lo notaba incluso cuando era pequeño. Siempre parecía culpable y desdichado. Durante el tiempo que estaba con nosotros no dejaba de mirar el reloj –Marco suspiró y se terminó la copa de champán–. Las visitas se volvieron menos frecuentes, y también las ocasiones en que nos mandaba dinero. Al final, dejó de venir.

Sierra notó que tenía la boca seca y que el corazón le latía muy deprisa. Marco no le había contado nada de todo esto. Ella no sabía que había tenido esa infancia, que había sufrido tanto como ella, aunque de manera distinta.

—¿Nunca se despidió?

Marco negó con la cabeza.

—No. Dejó de venir y ya. Mi madre luchó todo lo que pudo —se encogió de hombros—. En aquellos tiempos, Sicilia no era un buen lugar para ser madre soltera, pero ella hizo lo que pudo —dijo, como tratando de convencerse.

—Lo siento —dijo Sierra—. Debe de haber sido tremendamente difícil para ti.

—Fue hace mucho tiempo. A los dieciséis años dejé esa vida atrás y nunca volví a ella.

Igual que había hecho ella, excepto que él nunca comprendería sus motivos para marcharse, para necesitar escapar. A menos que ella se lo contara.

Teniendo en cuenta todo lo que él le había contado, Sierra sentía que podía contarle a Marco la verdad sobre su infancia. Deseaba hacerlo. Se disponía a hablar cuando él se adelantó.

—Por eso le estoy tan agradecido a tu padre, por haberme dado una oportunidad durante todos estos años. Por creer en mí cuando nadie más lo hacía. Por tratarme como a un hijo —negó con la cabeza—. Lo echo de menos.

Sierra sintió un nudo en la garganta. Los recuerdos de Marco distaban mucho de los que ella tenía acerca de su padre, un hombre que solo se había mostrado amable con ellas en público.

En ese momento, supo que no podía contarle la verdad. No cuando él no había disfrutado de una vida familiar, cuando había sido el padre de ella quien le había brindado el amor y el apoyo que él necesitaba. A ella ya le habían robado la ilusión una vez, y no sería ella la que se la robara a él. ¿Para qué? Tres días mas tarde regresaría a Londres y Marco y ella no volverían a verse más.

Capítulo 8

UNA vez acomodada en el compartimento de primera clase del avión que los llevaría a Nueva York, Sierra sintió que había recuperado el equilibrio. Se sentía como si estuviera descubriendo a un nuevo Marco, una vez que había dejado de lado el resentimiento y la hostilidad del pasado.

Recordaba que podía ser amable y detallista, y que trataba de satisfacer sus pequeños deseos, cómo sonreía cuando la escuchaba, haciéndola sentir importante.

Esta vez no pensaba que él estuviera fingiendo. Confiaba que no fuera así. La verdad era que no confiaba en sí misma. Ni en nadie, pero cuanto más tiempo pasaba con Marco más bajaba la guardia.

Disfrutaba conversando con él durante la comida. Y le gustaba sentir que él la consideraba importante e interesante. Además, sentía curiosidad acerca de sus ambiciones e intereses. Mucha más que siete años atrás, cuando lo consideraba un medio para escapar y no un hombre como tal.

–¿Fue idea tuya abrir un hotel Rocci en Norteamérica? –preguntó ella, mientras se tomaba el mus de chocolate que les habían servido de postre.

–La junta directiva no estaba interesada en la expansión –contestó Marco encogiéndose de hombros–. Nunca les gustó el riesgo.

—Así que todavía es más importante que esto funcione.

—Lo hará. Sobre todo ahora que has aceptado venir —la miró.

Sierra sintió que su cuerpo reaccionaba y comprobó que sería muy fácil volver a ceder ante sus encantos, sobre todo porque esa vez parecía real. ¿Y dónde los llevaría? No tenían futuro. Ella lo sabía, pero le gustaba estar con él. Incluso le gustaba el cosquilleo que sentía cuando estaba a su lado, por peligroso que fuera.

La azafata disminuyó la iluminación de la cabina y Marco se inclinó sobre Sierra para recostar su asiento. Ella inhaló el aroma de su cuerpo y decidió que era embriagador.

—Deberías descansar mientras puedas. Mañana será un gran día.

Ella asintió sin decir nada y lo miró a los ojos. Marco le colocó un mechón de pelo detrás de la oreja. Solo había sido una caricia, pero Sierra notó que todo su cuerpo reaccionaba con añoranza. Marco sonrió y recostó su propio asiento.

—Duérmete si puedes, Sierra.

Marco se movió en su asiento, tratando de acomodarse. Resultaba difícil hacerlo cuando un fuerte deseo recorría sus venas. Le había resultado casi imposible no tocar a Sierra mientras hablaban. Y había disfrutado de la conversación, de compartir ideas. Incluso se alegraba de haberle contado cosas acerca de su pasado.

Siete años antes también había disfrutado hablando con ella, pero en aquel entonces había sido una niña, inocente y poco sofisticada. Los años la habían vuelto más fuerte e interesante. Y mucho más deseable.

Al final no había podido resistirse y le había colocado un mechón de pelo detrás de la oreja. Notó que Sierra se había estremecido y deseó tomarla entre sus brazos para besarla, perderse en la dulzura de su boca y sentir que temblaba de placer.

Conteniendo un gruñido, Marco se movió de nuevo. Necesitaba dejar de pensar así. Dejar de recordar la imagen de Sierra, desnuda en el banco del piano, con la piel bronceada y perfecta, la suavidad de su cuerpo y su delicioso sabor.

Al sentir que brotaba sudor en su frente, Marco cerró los ojos. A su lado, Sierra se movió y suspiró, y el sonido hizo que él la deseara todavía más. Iba a ser un vuelo muy largo. O tres días muy largos, porque lo que tenía claro era que nunca más volvería a aprovecharse de Sierra.

Marco consiguió quedarse dormido y cuando despertó vio que Sierra lo miraba sonriendo.

–Roncas, ¿lo sabías? –dijo ella en tono de broma.

–No ronco.

–¿No te lo ha dicho nadie?

–No, porque no ronco –y porque nunca había pasado toda la noche con una mujer, así que no se lo habían dicho. Desde que Sierra lo dejó plantado, solo había tenido aventuras de una noche.

–No muy alto –continuó Sierra–. Y no todo el rato, pero roncas. Créeme.

–Supongo que tendré que hacerlo. También te diré que tú babeas cuando duermes.

–¡Uy! –ella se sonrojó y se cubrió la boca con la mano.

Marco se arrepintió de sus palabras al instante. No eran ciertas y solo pretendía bromear. Sierra era adorable cuando dormía.

–Era broma –confesó–, pero no podía decirte que roncabas porque tampoco es cierto.

–Sinvergüenza –dijo riéndose, y apoyó la mano sobre su hombro.

Sin pensárselo dos veces, Marco le agarró la mano y se deleitó con la suavidad de su piel. Ella lo miró con la respiración entrecortada.

Siempre acababa así. La atracción mutua que sentían incrementaba a medida que pasaban tiempo juntos. Con cuidado, Marco le soltó la mano.

–Vamos a aterrizar pronto.

Sierra asintió y entrelazó las manos.

Horas más tarde, después de pasar la aduana, salieron del aeropuerto. Marco había solicitado una limusina para que los llevara hasta el hotel. The Rocci New York era un rascacielos con forma de aguja y con vistas a Central Park West.

–Es precioso –dijo Sierra al mirar hacia arriba–. Me estoy mareando.

–Espero que no tengas miedo de las alturas –comentó él, apoyando la mano en su espalda para guiarla hasta la puerta de entrada–. Nos alojamos en la planta superior.

–¿Ah, sí?

La mirada de Sierra era la de una niña ilusionada, y Marco se sintió satisfecho por hacerla feliz. Eso era lo que había deseado hacer siete años atrás, mostrarle el mundo, verla sonreír y saber que había sido él quien lo había provocado. No, no la había amado, pero ella siempre le había gustado.

–Vamos –le dijo, entusiasmado ante la idea de ver el hotel con ella–. Deja que te enseñe The Rocci New York.

Sierra siguió a Marco hasta el recibidor de mármol y granito. Todo era moderno y muy diferente a los elegantes hoteles europeos de los Rocci. Aquel era un hotel creado por Marco, y a Sierra le gustaba más por ese motivo. Allí no tenía que enfrentarse a duros recuerdos.

Marco habló con alguien de la recepción mientras Sierra observaba los cuadros de arte contemporáneo que colgaban en las paredes, los sofás de piel y las mesas de madera. El lugar estaba vacío ya que los primeros clientes no llegarían hasta el día siguiente, después de la inauguración. Por la noche se celebraría un baile y, al siguiente día, ella regresaría a Londres. Estaba dispuesta a disfrutar de cada momento que pasara en Nueva York.

Marco regresó a su lado, con la tarjeta que abriría la puerta de su habitación.

–¿Estás preparada?

–Sí –ella miró la tarjeta dubitativa–. ¿Vamos a alojarnos en la misma habitación?

–No te preocupes –sonrió él–, hay sitio suficiente para los dos.

«No da la sensación de que haya suficiente sitio», pensó Sierra al entrar en el ascensor, a pesar de que era enorme.

Se sentía encerrada, y sabía que era por la presencia de Marco. Cuando él le rozó el brazo con la manga, ella se sobresaltó. Tenía que hacer algo con la atracción que sentía hacia él. O ignorarla o actuar de alguna manera. Y mientras la segunda opción resultaba emocionante, la primera era la más sensata. Marco y ella tenían una historia muy complicada como para pensar en tener una aventura.

Aunque esa aventura sería...

No podía creer que estuviera pensando de ese modo sobre Marco. ¿Qué había pasado con el hombre frío y hostil que había conocido? ¿Y con el hombre que hace siete años abandonó porque no creía que pudiera confiar en él? ¿Realmente había cambiado o simplemente había decidido ser sincero? ¿O era ella la que había superado ciertos aspectos del pasado? Todo era suficiente como para poder pensar en tener una aventura con él.

No era que Marco estuviera pensando lo mismo que ella, pero era evidente que había atracción entre ellos.

Cuando se abrió la puerta del ascensor, Marco se echó a un lado para dejarla salir.

–Bienvenida a nuestra suite.

Sierra no dijo nada durante unos instantes. La suite era circular y tenía grandes ventanales. La sensación era como si estuviera situada sobre la ciudad, dispuesta a volar.

Marco encendió las luces.

–¿Te gusta? –preguntó.

–¿Que si me gusta? –Sierra se volvió hacia él–. Me encanta. Es la habitación más impresionante que he visto nunca –comentó–. Aunque parece que esta no es toda la habitación. No veo ninguna cama, ni el baño...

–El resto de la habitación está arriba, pero quería enseñarte esto primero.

–Es impresionante. Debes de tener un arquitecto estupendo.

–Lo tengo, pero la idea fue mía.

Sierra se percató de que Marco se había sonrojado ligeramente.

–Él no lo veía posible, pero yo le di la lata hasta que vio la manera de hacerlo.

–Es evidente que eres obstinado.

–Cuando tengo que serlo.

La miró unos instantes y ella se preguntó si se referiría a su relación. Si ella le hubiera contado sus penas años atrás, ¿se habría empeñado él en ayudarla y en hacer que su matrimonio funcionara? Aunque resultara peligroso, era inevitable que Sierra no se lo preguntara. No quería imaginarse cómo podía haber sido su vida, sino cómo podía ser.

–Vamos a ver el piso de arriba –dijo Marco, y la agarró de la mano para guiarla por la escalera de caracol que había en el centro de la habitación.

Arriba, el espacio estaba dividido en varias zonas. Marco le enseñó la cocina y los dos lujosos dormitorios con sus respectivos baños. Había sitio para los dos, pero los dormitorios solo estaban separados por una pared. La idea la llenó de expectativas.

¿Qué le estaba sucediendo?

–Deberías refrescarte un poco –dijo Marco, cuando le mostró su dormitorio–. Descansa un poco si lo necesitas. Ha sido un día largo.

–De acuerdo.

–La inauguración es mañana, así que si hoy te apetece podemos hacer un poco de turismo.

–Sin duda. Deja que me cambie de ropa.

Sierra sabía que estaba jugando un juego peligroso. Se sentía atraída por Marco y estaba descubriendo de nuevo lo mucho que le gustaba. Sabía que él también se sentía atraída por ella y que tenían motivos suficientes para pasarlo bien juntos, incluso para tener una aventura.

No tenía que ser para siempre. Ya habían pensado en el matrimonio en una ocasión, pero no era necesario que volvieran a hacerlo. Esta vez podían tener una relación basada en el placer. Parecía sencillo, pero Sierra conocía los peligros. Confiarse a un hombre, aunque fuera con el cuerpo, era un gran paso, y ella nunca lo había dado antes. ¿De veras quería darlo con Marco?

¿Cómo podría resistirse cuando le esperaban tres emocionantes días a su lado?

Aunque quizá no tendría que hacerlo. Quizá Marco no tenía intención de aprovechar la atracción que había entre ellos. Quizá hablaba en serio cuando le dijo que no volvería a tocarla.

Sierra salió de la habitación para buscar a Marco. Lo encontró en el piso de abajo hablando por teléfono acerca de si todo estaba preparado para la inauguración del día siguiente.

–¿Todo bien? –le preguntó cuando Marco se guardó el teléfono en el bolsillo.

–Sí, solo estaba comprobando los últimos detalles. No quiero que nada salga mal, ni siquiera los aperitivos –sonrió.

–Esto es muy importante para ti –comentó Sierra, colocando una mano sobre su brazo.

Él la miró.

–Antes te dije toda la verdad, Sierra. El hotel significa todo para mí.

«Todo», pensó Sierra sin saber si debía sentirse aliviada o rechazada. Decidió no pensar más en aquello y disfrutar del día que tenía por delante.

–¿Qué cosas vas a enseñarme? Seguro que has estado en Nueva York miles de veces.

–¿Hay algo que quieras ver en particular?

–Lo que sea tu favorito.

Él sonrió y ella se fijó en sus labios. Todavía recordaba su sabor y deseaba...

–Muy bien. Entonces, vamos.

Sierra no preguntó a dónde iban hasta que se subieron a un taxi de la calle.

–Al Museo de Arte Moderno –dijo él.

–¡Arte! –comentó ella–. No sabía que te gustaba el arte.

–El arte moderno. Hay muchas cosas que no sabes acerca de mí.

–Sí –contestó Sierra mientras Marco le sostenía la mirada–. Ya me he dado cuenta.

Capítulo 9

MARCO no recordaba cuándo había disfrutado tanto. Sierra y él pasearon por el MOMA y, en un momento dado, él la tomó de la mano.

Le pareció tan natural que ni siquiera pensó en ello al principio, simplemente le dio la mano y entrelazó sus dedos con los de ella. Sierra no se resistió, y pasaron el resto de la tarde comentando los cuadros de Klimt y Picasso.

–No soy experto en arte –dijo Marco cuando salieron a la calle. Era agosto y hacía calor–. Me gusta el arte moderno porque los artistas se atrevían a hacer cosas diferentes, a ver el mundo de otra manera.

–Sí, lo comprendo –lo miró–. Sobre todo, teniendo en cuenta tu pasado.

Marco se puso tenso, pero al ver que Sierra seguía dándole la mano se obligó a relajarse. Ella sabía más acerca de su vida que nadie. Ni siquiera Arturo sabía lo de su padre. Nunca se lo había preguntado.

–¿Dónde vamos ahora? –preguntó Sierra, y Marco se encogió de hombros.

–Donde quieras. ¿Estás cansada?

–No. No sé cómo alguien se puede cansar aquí. Hay tantas emociones. No sé si seré capaz de dormir esta noche.

Al oír sus palabras, Marco sintió que el deseo se apoderaba de él. Ella estaba tan bella con su vestido veraniego y el pelo recogido que deseó atraerla hacía sí y besarla, pero se resistió.

Ese no era el propósito de aquel viaje, pero siempre podía cambiar. Sobre todo si ambos lo deseaban.

–Me encantaría pasear por Central Park –dijo Sierra, forzando a Marco a concentrarse en la conversación.

–Pues vamos.

Caminaron hasta Grand Army Plaza y se compraron un helado para refrescarse. Sierra se detuvo para oír a unos músicos que tocaban una pieza de Mozart y, cuando se disponía a sacar unas monedas del bolsillo, Marco la detuvo y sacó un billete de la cartera.

–Gracias –murmuró ella, mientras continuaron andando.

–¿Por qué solo tocas en privado? –preguntó él.

–Porque lo hacía para mí. Era una manera de escapar. Y no quería que nadie me estropeara esa posibilidad, haciendo que me callara.

–¿Escapar? ¿De qué estás escapando?

Ella miró a otro lado y se chupó el pulgar para quitarse una gota de helado.

–Ya sabes, de lo habitual.

Marco se percató de que ella no quería hablar del tema, pero necesitaba saberlo.

–¿Y ahora que eres una mujer adulta también tocas en privado?

Ella asintió.

–Nunca he querido ser música. Me gusta enseñar, pero toco el violín para mí.

Él se preguntaba si algún día tocaría para él, y si eso significaría algo especial.

¿Quería que fuera algo especial? ¿Quería implicarse emocionalmente con Sierra, al margen de lo que había ocurrido entre ellos físicamente?

Era algo que no quería contestar en ese momento. Le dio la mano a Sierra y continuaron paseando.

Por la tarde, Marco se percató de que Sierra estaba cansada. Él también lo estaba y, aunque quería pasar el día entero con ella, sabía que tenía algunos asuntos que atender antes de la inauguración del hotel. Nada más llegar a la suite recibió una llamada y sonrió a modo de disculpa. Sierra sonrió también y desapareció en su dormitorio mientras Marco se tumbaba en el sofá para ultimar los detalles del evento.

Oyó que Sierra se movía por el piso de arriba y la imaginó en la ducha, bajo un chorro de agua caliente. Al instante, se excitó.

–¿Señor Ferranti? –lo llamó la mujer que estaba al otro lado de la línea. Llevaba un rato hablando y Marco no había oído ni una palabra.

–Lo siento. ¿Puede repetírmelo?

Poco después, Sierra apareció en el piso inferior con el cabello mojado y vestida con una camiseta y un pantalón suelto de yoga.

Marco la miró y terminó la llamada. Tenía la boca seca y se le había acelerado el corazón. Ella estaba muy atractiva, y no solo por su belleza. A él le gustaba tenerla en su espacio con aspecto relajado, como si fuera parte de su mundo. Le gustaba mucho.

–¿Has terminado tus llamadas? –preguntó ella, sentándose en el otro extremo del sofá.

–De momento. Hay muchos detalles que solucionar, pero primero me gustaría comer algo –la miró de arriba abajo y ella se sonrojó–. ¿Qué te gustaría tomar? Podemos pedir que nos traigan la comida. Lo que tú quieras.

–¿Qué tal algo típico americano? ¿Hamburguesas con queso y patatas fritas?

Él se rio y presionó algunos botones del teléfono.

–¡Y yo que pensaba que ibas a pedir langosta, caviar y champán! Ahora mismo lo pido.

Sierra lo miró mientras Marco pedía la comida. Estaba cansada, y se sentía adormilada y relajada. Apoyó la cabeza en el sofá y Marco dejó el teléfono sobre la mesa y se levantó.

–Voy a cambiarme. La comida llegará dentro de unos minutos.

–De acuerdo –era maravilloso sentarse allí y oír cómo cerraba la puerta del dormitorio. Ella lo imaginó desabrochándose la camisa, y dejando su torso al descubierto. Era el hombre más atractivo que había visto nunca y ella recordaba el tacto de su piel.

Sierra sonrió y cerró los ojos, imaginándose que iba al piso de arriba y abría la puerta. ¿Qué le diría? ¿Qué haría? Quizá no tendría que decir nada. Quizá, al verla, Marco tomaría el control y la abrazaría para besarla de forma apasionada.

–Creo que la comida ha llegado.

Sierra abrió los ojos y vio a Marco frente a ella. Iba vestido con unos pantalones vaqueros y una camiseta gris que resaltaba su pectoral. Tenía el cabello alborotado y el mentón cubierto por una barba incipiente. Ella estaba convencida de que nunca había visto algo tan deseable.

–Parece que estabas a punto de dormirte –comentó Marco después de recoger la comida en la puerta.

–Creo que sí –no estaba dispuesta a admitir el contenido de sus pensamientos. El aroma a hamburguesas y patatas inundó la estancia.

Marco dejó la bandeja sobre la mesa de café que había frente al sofá.

–Podemos cenar aquí.

Le entregó un plato con una gran hamburguesa y, nada más probarla, Sierra exclamó con los ojos cerrados.

–¡Qué maravilla!

Marco se rio y, al abrir los ojos, Sierra lo miró fijamente con una sonrisa.

–Si me miras así durante mucho rato, tendré que olvidar esta comida –dijo él, provocando que se estremeciera.

–Sería delicioso –contestó ella.

–No se me ocurre nada más delicioso.

Ella se sonrojó. Aquello era peligroso, pero ¿por qué no iba a hacerlo? Estaban en un hotel de lujo en una de las ciudades más impresionantes del mundo. No había nada que impidiera que se dejaran llevar por el deseo que ambos sentían.

Marco agarró una de las patatas fritas que había en el plato de Sierra.

–Estás roja como el kétchup.

Ella se rio y dejó la hamburguesa en el plato.

–Marco...

Marco sonrió y miró el plato lleno de comida.

–Cenemos, Sierra. Mañana será un gran día.

Su comentario parecía de rechazo. Sierra trató de no sentirse dolida y continuó comiendo. ¿Había cambiado Marco de opinión? ¿Por qué decía una cosa y después la otra? Quizá se sentía tan confuso como ella. Quizá una aventura era algo demasiado complicado, teniendo en cuenta su historia.

Ni siquiera sabía si ella sería capaz de tener una aventura. ¿Podría alejarse de él un par de días después y mantener intacto el corazón? Lo cierto era que no tenía ni idea.

Marco recibió una llamada antes de que terminaran de cenar y él contestó tras disculparse. Sierra continuó cenando y después recogió los platos. Permaneció un ratito en el salón observando la ciudad y cuando el cansancio se apoderó de ella, se dirigió a su dormitorio. Marco seguía encerrado en su habitación, así que, ella se acostó y se quedó dormida.

Cuando despertó, el sol iluminaba la ciudad y Marco estaba moviéndose por el salón.

La ceremonia de inauguración se celebraría aquella tarde y, mientras se vestía, Sierra pensó que realmente no tenía ropa adecuada para la ocasión.

En Londres, su vestido de segunda mano le había parecido suficiente, pero después de ver el hotel y de que Marco pasara a importarle de verdad, no quería aparecer ante el público mal vestida.

Se vistió con unos vaqueros y un top y bajó en busca de Marco. Él estaba de pie junto a la ventana, bebiendo café y mirando los mensajes de su teléfono.

–Buenos días –le dijo al verla y le dedicó una sonrisa.

–Buenos días –de pronto, Sierra se sintió tímida. Marco parecía recién duchado y llevaba un traje azul y una corbata plateada. Estaba recién afeitado y daban ganas de acariciarle el mentón. Y de besarlo.

–¿Has dormido bien?

–Sí, fenomenal. Me preguntaba si había tiempo para salir esta mañana, antes de la ceremonia.

–¿Salir? ¿A dónde?

–De compras –Sierra se sonrojó–. Creo que la ropa que me he traído no es la adecuada –soltó una risita–. Un vestido de fiesta de segunda mano no me parece apropiado para este lugar.

Marco puso cara de sorpresa y añadió:

–Por supuesto. Pediré un coche inmediatamente.

–Puedo ir caminando...

–Tonterías. Será un placer para mí ir a comprarte ropa, Sierra –la miró fijamente.

–No tienes que comprármela, Marco...

–¿Vas a negarme semejante placer? –guardó el teléfono en un bolsillo y se acercó a ella–. El coche nos está esperando. Puedes desayunar por el camino.

Momentos después, Sierra estaba en la limusina tomando café, zumo de naranja y cruasanes.

–¡Madre mía! Esto es una locura.

–¿Por qué?

–No estoy acostumbrada a tanto lujo.

–Entonces, deberías acostumbrarte. Esta es la vida que habrías tenido, Sierra. La vida que te mereces.

Ella hizo una pausa y lo miró.

–¿La vida que habría tenido si me hubiera casado contigo, quieres decir?

–Si te hubieras casado con alguien –dijo Marco–. Con alguien que hubiera elegido tu padre. Alguien de tu estatus.

–¿Crees que debería haberme casado con alguien que hubiera elegido mi padre?

–Creo que deberías haberte casado conmigo.

Sierra se sobresaltó.

–¿Incluso ahora? –susurró.

Marco miró a otro lado.

–¿Quién puede decir qué habría pasado? ¿O cómo habrían sido las cosas? La realidad es que decidiste no hacerlo y que, como resultado, ambos nos convertimos en personas diferentes.

«Pero podemos reencontrarnos en el camino», pensó ella. No estaba segura de si estaban hablando de una aventura, de una relación, o de lo que podía haber sido. Tampoco sabía lo que sentía o lo que deseaba.

–Ya estamos –dijo Marco.

Sierra vio que la limusina se detenía frente a una boutique en Quinta Avenida. Se terminó el cruasán de un bocado y salió del vehículo.

Nada más entrar en la tienda, varias dependientas se acercaron a recibirlos. Sierra se fijó en los sofás de terciopelo blanco y en las lámparas. Entre tanto lujo, y con tantas dependientas alrededor, se sintió desaliñada.

Entonces, Marco se volvió hacia y ella y la miró con cariño y aprobación.

–Ahora empieza la diversión –le dijo, atrayéndola hacia sí.

Capítulo 10

MARCO se acomodó en el sofá y se dedicó a atender llamadas de negocios mientras Sierra se probaba vestido tras vestido, haciendo tímidas piruetas delante de él. A Marco no se le ocurría otra manera mejor de pasar el tiempo excepto quitándole la ropa.

–Nos los llevaremos todos –dijo él, en un momento dado.

Sierra estaba en el probador y no lo oyó. Momentos más tarde, salió del probador con el ceño fruncido.

–Creo que ese vestido azul es el mejor.

–Puedes decidirlo más tarde –contestó Marco. Le sorprendía que Sierra pensara que él se iba a contentar comprando un único vestido. ¿Qué clase de hombre creía que era?

«Un hombre que se está enamorando de ella».

Sus propias palabras lo dejaron de piedra. No podía estar enamorándose. Él no se dedicaba al amor. Había visto lo que le había pasado a su madre y lo que le había sucedido a él. Esperar a alguien que no pensaba aparecer, que no sentía lo mismo que él. Su madre. Sierra. Y ni siquiera había amado a Sierra. ¿Estaba dispuesto a sufrir una caída mayor?

No, no estaba enamorándose de ella. Solo estaba disfrutando. Y sí, quizá había estado pensando en lo que podía haber sido, era muy difícil no hacerlo.

–¿Qué te parece este? –Sierra salió del probador con un vestido de noche.

Marco la miró y notó que todo su cuerpo reaccionaba. El vestido era de seda azul, largo y elegante, y conjuntaba con sus ojos a la perfección. Un cinturón de diamantes de imitación ceñía su cintura y ella llevaba el cabello suelto sobre los hombros.

Marco apenas podía pensar.

–Nos lo llevaremos –dijo al fin.

–Si no te gusta...

–Me gusta –añadió–. Por favor, envuelvan todos los demás –le pidió a la dependienta.

–¿Todos los demás? –preguntó Sierra–. Creía que solo íbamos a comprar el azul.

–Te equivocaste –se dirigió a ella–. Voy a comprarlos todos, Sierra. Quiero verte con ellos.

Ella se llevó la mano al cuello y tragó saliva.

–Hay otros vestidos de noche en el probador...

–Y quiero que te los pruebes. Aunque creo que será mejor que te ayude con la cremallera de este vestido.

Ella lo miró fijamente y se humedeció los labios.

Marco resopló.

–La dependienta... –murmuró ella.

Él negó con la cabeza. Deseaba acariciarla en ese mismo instante.

–Se ha ido. Lo haré yo –con delicadeza, la empujó hasta el probador y cerró la cortina.

Sierra lo miró un instante y se dio la vuelta.

Marco le retiró el cabello de la espalda y la besó en la nuca. Al hacerlo, notó que ella se estremecía.

Sierra se inclinó hacia él y Marco la sujetó por los hombros para estabilizarla. El deseo lo invadió por dentro. Un deseo sobrecogedor que le nubló todo su pensamiento racional. Estaba dispuesto a poseerla allí mismo, si es que ella se lo permitía, pero no quería que su primera vez fuera apresurada. No, quería tomarse su tiempo y prolongar la exquisita agonía.

Despacio, Marco le bajó la cremallera y observó cómo su piel bronceada quedaba al descubierto. La rodeó por la cintura e, incapaz de contenerse, le acarició los senos y jugueteó con sus pezones.

Sierra comenzó a respirar de forma entrecortada y se apoyó en él, notando su miembro erecto contra el trasero. Se acercó más a él y Marco estuvo a punto de perder el control. Sería tan fácil levantarle la falda del vestido y penetrarla allí mismo.

La sujetó de nuevo por la cadera y presionó su cuerpo contra el de ella, de forma que ambos empezaron a moverse al mismo ritmo. Sierra se puso tensa. Marco percibió que ella estaba a punto de llegar al clímax. Y él también.

—¿Señor Ferranti? —la voz de la dependienta lo hizo volver a la realidad. Sierra se puso más tensa todavía y Marco se retiró de su lado.

—Con esto no hemos terminado —dijo él en voz baja.

Ella soltó una risita.

—Espero que no.

Él sonrió y la besó en el cuello antes de salir del probador.

En cuanto Sierra se quedó a solas se sentó en uno de los bancos y se cubrió el rostro con las manos. Estaba temblando. Había estado a punto de perder el control, y solo por sentir su cuerpo contra el de ella. Y encima dentro de un probador. Lo que deseaba era salir de allí y regresar al hotel para que Marco pudiera cumplir su promesa.

«No hemos terminado».

–¿Sierra? –la llamó Marco, como si no estuviera nada afectado por lo que acababa de suceder–. Deberíamos irnos. Tú tendrás que prepararte y yo tengo que terminar algunas cosas antes de la inauguración.

–Por supuesto. Deja que me vista –se puso los vaqueros y la camiseta y se pasó los dedos por el cabello ante de salir del probador. Todavía estaba temblando–. ¿Qué te ha parecido el vestido de noche?

–Nos los llevamos todos –dijo Marco–. La dependienta los preparará y los enviará al hotel.

–¿Que nos llevamos todos los vestidos de noche? Si ni siquiera me los he probado todos.

–Estoy seguro de que te quedarán fenomenal. Y si no te gustan, los devolveremos –la agarró del brazo–. Ahora, vamos, la limusina nos está esperando.

Sierra permitió que la guiara hasta la calle.

–Haces que todo parezca tan fácil –comentó ella, y se metió en la limusina–. Como si el mundo estuviera a tus pies.

Marco sonrió y miró su teléfono.

–He trabajado mucho para que sea así.

–Lo sé, pero ¿alguna vez te dan ganas de pellizcarte para asegurarte de que es la realidad?

Durante un segundo, la mirada de Marco se volvió distante. Después, miró su teléfono otra vez.

–El dinero no lo compra todo –dijo él–. Por mucho que la gente piense lo contrario, el dinero no te hace feliz.

–¿Eres feliz, Marco?

Él la miró un momento.

–Lo era mientras estuve en el probador contigo. Y pretendo seguir siéndolo antes de que termine el día.

Ella se sonrojó y sintió un cosquilleo en el vientre. Sabía que Marco estaba evitando una conversación.

–Espero que hables en serio.

–Hablo en serio, Sierra. Te deseo un montón. Tanto que he estado a punto de perder el control en el probador, y eso es algo que no había hecho nunca.

–¿No? –bromeó ella, tratando de ignorar el sentimiento de celos que la invadió por dentro–. Imagino que tienes mucha experiencia en ese campo.

–No tanta como probablemente crees, pero sé manejarme –ella se sonrojó todavía más y miró a otro lado–. ¿Y tú? –preguntó él–. Habrás tenido amantes durante estos siete años.

Ella abrió la boca para contarle la verdad, pero antes de que empezara a hablar, él levantó la mano y dijo:

–No importa. No quiero saberlo –se puso serio–. Eso sí, te aseguro que esta noche te haré mía. Te deseo.

–Yo también te deseo –susurró ella.

Él la miró de arriba abajo.

–No somos los mismos que éramos hace siete años. Las cosas son diferentes.

–Lo sé –ella alzó la barbilla y lo miró a los ojos–. Sé muy bien lo que es esto, Marco. Estamos en una ciudad maravillosa durante un corto periodo de tiempo y resulta que nos sentimos atraídos el uno por el otro. Muy atraídos. Entonces, ¿por qué no vamos a hacer algo al respecto? –sonrió ella arqueando las cejas. Hablaba como si todo fuera muy sencillo, como si hubiera tenido esa clase de experiencias antes–. Es una aventura.

–Sí –dijo Marco–. Eso es lo que es.

De regreso al hotel, Marco se metió en el despacho para tratar de ultimar los detalles de la inauguración y Sierra se dirigió a la suite.

La recepción estaba llena de gente trabajando en los preparativos y, cuando Sierra se dirigió al ascensor privado, un hombre de mediana edad se acercó a ella.

–Buenas tardes, señorita Rocci. Espero que haya encontrado todo a su gusto.

–Sí, sí, por supuesto –contestó Sierra sorprendida por el hecho de que el hombre supiera quién era. Había pasado siete años sin ser una Rocci. Le había dado la espalda a todo y, en ese momento, la invadieron los recuerdos. Las inauguraciones a las que ella había asistido eran muy diferentes de la que se celebraría en el elegante y moderno hotel de Nueva York, y sin embargo todo le resultaba tremendamente familiar.

–¿Señorita Rocci? ¿Se encuentra bien? –el hombre la sujetó del brazo.

Sierra se percató de que no debía de tener buen aspecto. Se sentía débil y mareada, así que se apoyó en el ascensor para equilibrarse.

–Estoy bien. Gracias. Es que no he comido nada.

–Haré que le envíen algo a su habitación.

–Gracias –murmuró Sierra–. Se lo agradezco.

Se abrió el ascensor y ella agradeció la intimidad que le brindaba el espacio. Durante unos segundos había oído la voz de su padre, y había notado cómo la agarraba con fuerza mientras subían los escalones de algún hotel.

«Pórtate bien, Sierra. Sonríe a todo el mundo».

Ella oía la amenaza implícita en su voz, la promesa de que sería castigada si no se comportaba, todo contra los murmullos de la multitud y el ruido de las copas de cristal...

Cuando se abrieron las puertas del ascensor, Sierra salió a la suite y se cubrió la boca con la mano. Tragó saliva y corrió al piso de arriba para servirse un vaso de agua. No podía derrumbarse. Y menos cuando la inauguración estaba a punto de empezar y todo el mundo la estaba esperando. Marco dependía de ella.

Sierra cerró los ojos. No quería decepcionar a Marco. Todo había cambiado en poco tiempo, ya que seis semanas antes ella había deseado no volverlo a ver y, sin embargo, en esos momentos deseaba que él le hiciera el amor esa misma noche. Quería estar a su lado durante la inauguración y hacer que se sintiera orgulloso. Estaba enamorándose de él.

Sierra abrió los ojos. ¿Cómo era posible? Siempre había evitado y desdeñado el amor, sobre todo después de ver cómo su madre había perdido su personalidad después de casarse. ¿Y ella iba a enamorarse de un hombre en el que ni siquiera confiaba plenamente? O quizá era que no confiaba en ella. No confiaba en que fuera capaz de mantener la cabeza clara y su corazón a salvo.

Era inexperta en lo que se refería al amor o al sexo. ¿Y se estaba planteando una aventura? Durante un segundo, Sierra se preguntó qué diablos estaba haciendo. Entonces, recordó la sensación de las manos de Marco sobre su piel, su cuerpo detrás de ella... Y se estremeció de deseo. Sabía lo que estaba haciendo, y necesitaba hacerlo.

Y en cuanto a la inauguración... Miró el reloj y vio que faltaba apenas una hora. Una hora para acompañar a Marco y enfrentarse al público. Sintió un nudo en el estómago y deseó poder escapar, aunque sabía que nunca dejaría a Marco en la estacada, solo y públicamente humillado. Eso sería tan malo como dejarlo plantado en el altar.

Ella respiró hondo y trató de calmarse. Enderezó los hombros y alzó la barbilla. «No muestres miedo», pensó. Era capaz de hacerlo.

Marco paseó por el recibidor del hotel mientras los reporteros, los famosos y los invitados esperaban a las puertas del Rocci New York. Eran tres minutos pasadas las dos y Sierra debía estar allí. Él ya había enviado a un empleado a la suite para comprobar que estaba bien, y ella le había dicho que bajaría enseguida. Incluso había pensado en subir a buscarla en persona, pero algo lo había detenido. ¿Y si ella no quería verlo?

—Deberíamos empezar... —Antony, el director del hotel, parecía nervioso.

—No podemos empezar sin la señorita Rocci —soltó Marco, tratando de no pensar en la otra ocasión en la que la había estado esperando.

En esos momentos, se abrió la puerta del ascensor y Sierra apareció. Estaba muy bella vestida con un vestido color menta, y muy pálida. Ella miró el recibidor vacío y después hacia la puerta donde aguardaba la multitud. Respiró hondo y echó los hombros hacia atrás. Marco frunció el ceño y se acercó a ella.

Sierra vio que él tenía el ceño fruncido y se tambaleó. Marco la agarró de las manos y notó que estaba helada.

—Sierra, ¿estás bien?

—Sí...

—Pareces enferma.

—Es el jet lag —dijo sin mirarlo a los ojos—. Todo ha sido tan rápido.

—Marco sabía que el motivo no era solo el jet lag. Tenía un aspecto horrible.

Sierra, si no estás bien para... —se calló. Tenía que hacerlo. El futuro de la empresa y su trabajo dependían de que un Rocci inaugurara aquel hotel.

Sin embargo, en ese momento, él supo que si ella decía que no estaba preparada, aceptaría su palabra.

—Estoy bien, Marco —le apretó las manos ligeramente y esbozó una sonrisa. En serio. Estoy bien. Vamos.

Sierra vio que Marco la miraba fijamente. Imaginó que debía tener un aspecto horrible para que él la mirara tan preocupado, así que, intentó recuperar la compostura. El recuerdo de la voz de su padre inundaba su memoria. No había asistido a una inauguración desde que era adolescente, pero era como si no hubiera pasado el tiempo.

Finalmente, Marco asintió y le soltó las manos.

—Está bien. El público nos espera.

—Siento haber llegado tarde.

—No pasa nada —se acercó a la puerta y Sierra lo siguió con decisión.

Un empleado del hotel abrió las puertas y, al instante, empezaron a saltar los flashes de los periodistas. Sierra intentó mantener la compostura mientras Marco se acercó a un micrófono y comenzó a dar la bienvenida a los asistentes. Sierra intentó mantener la sonrisa hasta que empezó a escuchar las palabras de Marco.

—Tengo la certeza de que Arturo Rocci, mi mentor y gran amigo, estaría muy orgulloso de estar aquí con nosotros y ver cómo su hija corta la banda de inauguración. Arturo creía firmemente en los valores que rigen los hoteles del grupo Rocci. Él valoraba el trabajo duro, el servicio excelente y, por supuesto, los lazos familiares —añadió antes de mirar a Sierra.

Sierra se había quedado paralizada y sentía un nudo en el estómago. No había imaginado que Marco mencionaría a su padre, y sus palabras eran corrosivas, como si de lluvia ácida se tratara.

El público aplaudió y alguien le entregó a Sierra

unas tijeras enormes. La banda plateada brillaba bajo el sol.

—¿Sierra? —Marco la llamó.

Sierra dio un paso adelante y cortó la banda. Cuando el público gritó de júbilo, Marco la agarró del codo para acompañarla hasta el tranquilo recibidor.

—No tienes buen aspecto.

—Lo siento, debe de ser el calor. Y el jet lag —comentó. «Y los recuerdos», pensó. Y el fantasma de su padre, hiriéndola desde la tumba. Marco seguía pensando lo mejor acerca de él, y Sierra no podía culparlo. Ella no le había contado nada, no había pensado que fuera necesario. Y no lo había sido mientras pensaba que no volvería a ver a Marco. ¿Y después? ¿Cuando ya pensaba que había algo entre ellos?

—¿Quieres sentarte a descansar un rato?

Sierra negó con la cabeza.

—Estoy bien, Marco. He venido para esto y lo haré —agarró una copa de champán de una bandeja. Sin duda necesitaba un poco de alcohol. Los invitados ya estaban entrando en el hotel—. ¡Qué empiece la fiesta! —exclamó, y levantó la copa para brindar.

Capítulo 11

AL CABO de unas horas, Sierra comenzó a relajarse. Los molestos recuerdos habían empezado a remitir y, tras evitar las preguntas incómodas de los periodistas, estuvo charlando de cosas banales con algunos invitados. Incluso llegó a pasárselo bien.

Las tres copas de champán que se había tomado la ayudaron.

–Esto es lo más impresionante que he visto –le dijo a un camarero mientras observaba la fuente de chocolate con fresas flotantes.

El camarero sonrió, al mismo tiempo que alguien agarraba a Sierra del brazo. Era Marco.

–¿No estás borracha, verdad?

–¿Borracha? Muchas gracias –se volvió sin medir la distancia y estuvo a punto de derramar el contenido de la copa. Marco le retiró la copa de la mano–. Solo un poco achispada –comentó ella–. Esta fiesta es divertida.

Marco la llevó a un lado, lejos de los camareros e invitados.

–Antes parecías muy tensa. Incluso disgustada. ¿Fue por algo de lo que dije? –preguntó preocupado.

–No –contestó Sierra–. No ha sido eso.

–¿Estás segura?

Ella asintió, consciente de que no podía explicárselo allí, y de que quizá no se lo explicara nunca. Cuando más intensa era su relación con Marco, mas difícil le resultaba sincerarse sobre su pasado. Ella no quería hacerle daño, pero si iban a compartir una relación futura, ella tendría que explicárselo.

¿Por qué diablos estaba pensando en el futuro? Lo único que había entre ellos era una aventura amorosa. Y ni siquiera la habían tenido.

–¿Cuándo es la fiesta?

–Dentro de unas horas, pero, si te apetece, puedes subir a prepararte. Ya te has mostrado en público. Ya has hecho suficiente –apoyó la mano en su brazo–. Gracias, Sierra.

Marco observó a Sierra con el ceño fruncido mientras ella se dirigía al ascensor. Algo iba mal y no tenía ni idea de qué.

Al menos, se había relajado durante la inauguración y había conseguido sonreír y conversar con los invitados.

Estaba deseando estar con ella en la fiesta, y después. Sobre todo después.

–Señor Ferranti, ¿tiene algo que decir acerca de la presencia de la señorita Rocci en esta inauguración?

Marco se volvió hacia uno de los periodistas.

–No, no tengo nada que decir.

–Hace siete años estuvo comprometido con Sierra Rocci, ¿no es cierto? ¿Ella rompió el compromiso en el último momento? ¿Lo dejó plantado en el altar?

Marco se puso tenso. No se había planteado que los periodistas pudieran sacar aquella historia a relucir. Su compromiso con Sierra se había mantenido en privado. Arturo quería que fuera una ceremonia discreta y Marco había aceptado encantado.

–¿Y bien? –insistió el reportero.

–Sin comentarios –soltó Marco, y se marchó.

–Ya puedes mirarte en el espejo.

–Gracias –Sierra sonrió a Diana, la estilista que Marco había contratado para que la peinara y maquillara–. Oh, cielos... –comentó Sierra al ver su reflejo en el espejo.

–Lo mismo pienso yo –dijo Diana.

Sierra acarició los tirabuzones que tenía recogidos en lo alto de la cabeza y contempló aquellos que le caían sobre el hombro. El maquillaje había transformado su rostro. Sus pestañas parecían más largas, sus pómulos prominentes y sus labios rosados.

–No tenía ni idea de que el maquillaje pudiera hacer estos cambios –exclamó Sierra.

Diana se rio.

–No he utilizado mucho maquillaje. Lo justo para resaltar lo que ya estaba ahí.

–Aun así –Sierra negó con la cabeza, asombrada. Nunca se había maquillado demasiado. Ni siquiera de adolescente.

Sierra se fijó en el vestido que había elegido. Era el de seda azul que se había probado con Marco. Al mirarse en el espejo, recordó que Marco se lo había desabrochado, que la había sujetado por las caderas y que la había presionado contra su cuerpo, provocando que ella lo deseara con locura.

–Me pregunto si no te he puesto demasiado colorete –murmuró Diana.

Sierra contuvo una risita y se volvió para mirarla.

–Estoy segura de que está bien.

Marco se estaba preparando al otro lado del pasillo.

Sierra no podía esperar para verlo, ni para que comenzara la velada. No le importaba lo que hubiera sucedido antes o lo que estuviera por llegar, solo quería convertirse en Cenicienta y disfrutar de aquella noche mágica.

Marco llamó a la puerta con suavidad. Diana se dirigió a abrir.

—Le diré que saldrás enseguida. Vas a dejarlo impresionado.

Sierra sonrió y se llevó la mano al vientre para tranquilizarse. No quería que nada estropeara aquella noche.

Diana le dijo a Marco que esperara a Sierra abajo y, después de recoger el chal y el bolso, Sierra abrió la puerta y salió de la habitación.

Con cuidado, bajó por la escalera de caracol y vio a Marco antes de que él la viera. Estaba mirando por la ventana una espectacular puesta de sol.

Al oír sus pisadas, él se volvió y, al verla, se quedó completamente quieto. Sierra no fue capaz de descifrar la expresión de su rostro.

—¿Estoy...? ¿Está todo bien?

Marco dio un paso adelante y la agarró de las manos.

—Me has dejado sin habla. Y sin respiración. Estás bellísima, Sierra.

Ella sonrió y le apretó las manos.

—Tú también estás muy atractivo.

De hecho, la camisa blanca que llevaba resaltaba su piel aceitunada y el esmoquin oscuro resaltaba la poderosa musculatura de su cuerpo. Marco no era el único que se había quedado sin habla.

Él le acarició la mejilla y Sierra lo consideró la promesa de lo que estaba por venir.

—Deberíamos irnos, si estás preparada.

—Lo estoy.

La fiesta era en el salón de baile. Estaba situado varias plantas por debajo de la suite, pero también tenía unas vistas espectaculares. Los camareros llevaban bandejas de champán y aperitivos, y un cuarteto de cuerda tocaba en una esquina de la sala.

Sierra se volvió hacia Marco con brillo en la mirada.

–¿Tú también has diseñado esta sala?

–Un poco, quizá –sonrió él. La agarró de la mano y dijo–: Deja que te presente.

A Sierra nunca le habían gustado los eventos sociales. Y todo gracias a su padre. Sin embargo, aquella noche, con Marco a su lado, todo parecía diferente y se sentía valorada, confiada y segura.

Aunque no amada.

Trató de no volver a pensar en ello y permitió que Marco le presentara a varios invitados. Sierra habló con todos ellos, se rio, bebió champán e incluso se sintió un poco mareada.

Al cabo de unas horas, Marco la apartó de un grupo de mujeres con las que estaba hablando, le retiró la copa de las manos y se la devolvió a un camarero.

–¿Qué pasa...? –preguntó Sierra.

Marco no contestó y la llevó a la pista de baile.

–Baila conmigo –dijo él, mirándola fijamente y estrechándola contra su cuerpo.

Al instante, Sierra supo que estaba a punto de perder la cordura por aquel hombre. Aunque esa noche no pensaba preocuparse. Se dejaría llevar y ya recogería los pedazos de corazón roto al día siguiente.

–Parece que la fiesta está saliendo muy bien –comentó ella, mientras se movían al ritmo de la música–. ¿Estás contento?

–Muy contento. El hotel está completo durante los tres próximos meses y, en parte, es gracias a ti.

–Una parte muy pequeña –contestó Sierra–. Eres tú el que ha hecho el trabajo duro. Estoy orgullosa de ti, Marco.

Ella sonrió con timidez.

–Sé que me has contado lo mucho que el trabajo significa para ti, pero esta noche he comprendido por qué. Eres bueno en esto. Estás hecho para esto.

Marco se quedó en silencio unos segundos.

–Gracias. Eso significa mucho para mí.

Cuando empezó otra canción, Marco y Sierra continuaron en la pista de baile.

–Esta noche eres la mujer más bella del mundo –dijo Marco con sinceridad.

–Ojalá que lo creas así –murmuró Sierra.

Él la abrazó con fuerza.

–¿Hablas en serio?

–Sí –dijo ella. Después de todo lo que él le había hecho sentir, sabía que no podía disimular.

Marco respiró hondo y la separó un poco de su cuerpo.

–No quiero ponerme en evidencia delante de todo el mundo.

Ella sonrió.

–Entonces, vamos arriba.

–No podemos abandonar el baile todavía –dijo él, con resignación.

–¿Has de quedarte hasta el final?

–No –contestó Marco–, y aunque tuviera que hacerlo, no lo haría. No aguantaría tanto sin tocarte, Sierra. Sin adentrarme en tu cuerpo.

–Bien –dijo ella, y se estremeció de placer.

Marco negó con la cabeza.

–Si sigues mirándome así no aguantaré mucho.

–¿Cómo te miro?

–Así –la estrechó de nuevo contra su cuerpo–, como si quisieras devorarme.

–A lo mejor lo hago –contestó ella, y se sonrojó al instante.

–¿Te gusta torturarme? –preguntó él.

–Sí. Es la venganza por haberme torturado esta mañana.

–Para mí también fue una tortura. Una dulce tortura.

Ella se sentía como si fuera a derretirse bajo el calor de su mirada. O incluso incendiarse. Había sentido una ola de excitación desde que Marco la había llevado a la pista de baile y empezaba a ser abrumadora. El deseo que sentía hacia él era tan intenso y maravilloso que se sentía indefensa.

Se humedeció los labios y miró a Marco:

–Marco...

–Nos vamos –soltó él–. Ahora mismo –la agarró de la muñeca y la sacó de la pista de baile.

En otras circunstancias, Sierra se habría quejado de que la sacara de la pista de ese modo, sin embargo, el deseo era tan fuerte que ni siquiera sentía rabia o vergüenza. Solo quería llegar arriba cuanto antes.

Marco murmuró unas palabras a un empleado que estaba junto a la puerta antes de salir al pasillo. Algunos invitados los miraron de reojo, pero Marco los ignoró y presionó el botón del ascensor. Sierra contuvo la respiración hasta que se abrieron las puertas y Marco la acompañó al interior.

Capítulo 12

LAS puertas del ascensor apenas se habían cerrado antes de que Marco estrechara a Sierra contra su cuerpo, provocando que sus senos presionaran contra su torso mientras la besaba de forma apasionada. No podría haber esperado ni un segundo más para tocarla y besarla, pero en lugar de sentir que se aplacaba su deseo, notó que se potenciaba todavía más.

La apoyó contra la pared del ascensor y continuó besándola mientras la sujetaba por el cabello. Marco no podía saciarse, la sujetó por las caderas y le levantó el vestido. Necesitaba acariciarle la piel.

–Vas a romper el vestido...

–Te compraré otro. O doce, o cien más...

Se abrieron las puertas y Marco entró en la suite caminando hacia atrás y llevándose a Sierra con él. Ella no se resistió y trató de soltarle la camisa de la faja.

–Necesito verte –dijo Marco, y le bajó la cremallera del vestido–. Ahora –añadió mientras el vestido caía al suelo y Sierra se quedaba únicamente vestida con la ropa interior de encaje.

Ella dio un paso adelante para salir del vestido y sonrió. Marco nunca había visto algo tan magnífico. Lencería de encaje y zapatos de tacón.

–Me parece un poco injusto –dijo ella–. Yo estoy casi desnuda y tú completamente vestido.

–Entonces, quizá deberías hacer algo al respecto.

–Quizá sí –se acercó a él.

Marco inhaló el aroma a limón que desprendía el cabello de Sierra, que caía libremente sobre sus hombros después de que se le hubieran caído las horquillas en el ascensor. Ella frunció los labios y trató de desabrochar los botones de la camisa. Cuando lo consiguió, le acarició el torso. Marco cerró los ojos y suspiró. Le sorprendía lo mucho que lo afectaba aquella mujer. Durante los años había estado con muchas mujeres bellas y expertas, pero ninguna lo había hecho sentir como aquella.

–Eres muy atractivo –susurró ella, y le quitó la camisa y la faja del esmoquin.

Marco vio que lo observaba dubitativa y se preguntó si se atrevería a quitarle los pantalones. A veces parecía tan inocente e inexperta que no podía evitar preguntarse cuántos amantes habría tenido.

–¿Y bien? Todavía no estoy desnudo –le dijo arqueando una ceja.

–Lo sé –se rio ella, y le bajó los pantalones.

Marco sacó los pies y se quitó los zapatos y los calcetines, quedándose únicamente en ropa interior. Su excitación se hacía evidente a través de la tela.

Sierra lo miró y se humedeció los labios. Marco suspiró. Ella estiró la mano y le acarició el miembro por encima de la ropa.

Marco apretó los dientes al sentir un deseo desbordante.

–Sierra...

–¿Lo he hecho bien? –retiró la mano como si le hubiera hecho daño y él se rio.

–Mejor que bien. Lo que me haces sentir es... Pero necesito hacerte algunas cosas a ti –la abrazó y cuando sus cuerpos se rozaron, ambos gimieron.

Marco la besó de forma apasionada y ella le acarició

el cabello y se acercó más a él. Marco la apoyó contra la pared de cristal y ella soltó una risita.

–Ahora medio mundo puede ver mi trasero.

–Nadie puede verte aquí arriba –le prometió él–, pero si pudieran, tendrían una vista espléndida –dijo antes de deslizar la boca por su cuerpo–. Además, no quiero que nadie más te vea.

«Nunca», pensó en silencio y, tratando de no pensar en ello, se centró en sus senos.

Sierra echó la cabeza hacia atrás y disfrutó mientras Marco le devoraba los pechos. Cuando deslizó la boca más abajo, comenzó a temblar.

–Marco... –lo llamó cuando él le separó las piernas.

–Quiero probarte –Marco se preguntaba si ella estaría pensando en la noche en que él la había poseído de esa manera. Entonces, todo había surgido de una mezcla de rabia y deseo, y a modo de venganza. En esta ocasión, él se estaba dejando llevar por una intensa conexión física y emocional y quería demostrarle lo importante que ella era para él–. Quiero sentir cómo te deshaces de placer –murmuró–. Quiero que me lo des todo, Sierra –«para siempre», pensó.

Sierra se recostó sobre la ventana y Marco la sujetó con un brazo mientras la devoraba. Ella no recordaba lo intenso y exquisito que era aquel momento de intimidad. Marco la sujetó por el trasero mientras ella se dejaba llevar por el placer hasta llegar al clímax. Cuando gimió con fuerza, Marco la abrazó y esperó a que recuperara la respiración antes de tomarla en brazos y llevarla hasta su dormitorio.

Una vez allí la dejó sobre la cama y se quitó la ropa interior. Sierra lo miró adormecida. Tumbado a su lado y desnudo, parecía una escultura. Le acarició el vientre musculoso y, al ver que Marco empezaba a respirar de forma entrecortada, una ola de placer la invadió por dentro otra vez. Le sorprendía que pudiera afectarlo de esa manera. Que tuviera tanto poder sobre él.

–Eres impresionante –susurró ella, y le sujetó el miembro erecto.

–Tú eres impresionante –murmuró él, y le acarició la entrepierna humedecida–. Te deseo, Sierra. Quiero estar dentro de ti.

–Y yo quiero que lo estés.

Marco se colocó sobre ella y frunció el ceño.

–¿Tomas precauciones?

Ella se sonrojó.

–Yo no... No, no estoy tomando nada.

Marco se separó de ella al instante.

–Marco...

–Lo siento. Debería haber pensado en ello antes. Estaba tan centrado en ti que...

–¿No tienes nada? –preguntó decepcionada.

Él arqueó una ceja.

–No esperaba necesitar nada en este viaje.

–¿No creías que pudieras ser afortunado? –bromeó ella.

Él se puso serio.

–No me atreví a esperar nada, Sierra.

–Aun así...

–No soy el ligón que crees que soy, pero gracias de todos modos.

Ella se rio.

–Seguro que has estado con montones de mujeres...

Marco negó con la cabeza.

–No hablemos de ello ahora. El pasado es el pasado, para los dos.

Ella asintió y Marco salió de la habitación. Segundos después regresó con un preservativo.

—Por suerte, la suite está perfectamente equipada. ¿Dónde nos habíamos quedado?

Ella arqueó el cuerpo y sonrió de manera provocadora.

—¿Por aquí?

Él la miró con deseo.

—Sí, creo que sí, pero será mejor que lo compruebe.

Se puso el preservativo y Sierra lo observó asombrada por su belleza. Era probable que fuera el mejor momento para decirle que nunca había hecho aquello. Al sentir su miembro erecto en la mano se había preguntado cómo podría caber en su interior. Sin embargo, no quería estropear ese momento y sabía que cualquier explicación resultaría extraña. Marco había dicho que el pasado era el pasado, y era mejor que se quedara así.

Se tumbó a su lado y comenzó a acariciarle la entrepierna mientras la besaba. Ella arqueó el cuerpo y gimió.

Él se colocó sobre ella y rozó la entrada de su cuerpo con su miembro erecto.

—¿Estás preparada?

—Sí —contestó ella, con la respiración agitada—. Sí.

Marco la penetró y Sierra se puso tensa. Se sentía llena. Invadida, pero de manera excitante. Él se movió y ella gimió al sentir un poco de dolor.

Marco se quedó de piedra.

—Sierra...

—Estoy bien —le aseguró—. Dame un momento.

Él la miró con incredulidad y esperó a que ella se relajara. Al cabo de unos instantes, el dolor remitió y ella arqueó el cuerpo para acomodarlo mejor en su interior.

—Puedes moverte —susurró ella—. Despacio.

Él la penetró de nuevo y ella gimió. La sensación era abrumadora. Él se quedó helado y ella soltó una risita.

–Esto no es...

Marco apoyó la frente contra la de Sierra.

–¿Por qué no me lo dijiste?

–No lo sé –confesó ella–. No quería arruinar nada. Me parecía tan... No lo sé.

–¿Estás bien? –susurró él, y ella asintió.

Le había dolido más de lo que esperaba, pero después el placer que sintió lo compensaba. Marco se movió de nuevo y Sierra trató de relajarse. Él era muy grande y la llenaba por completo. Era abrumador sentirse conquistada por otra persona, tanto física como emocionalmente. No había parte de su persona que él no poseyera y era una sensación aterradora.

–¿Bien? –preguntó de nuevo Marco.

Ella se agarró a sus hombros y se rio.

–Deja de preguntarme eso.

–No quiero hacerte daño.

–No me estás haciendo daño –mintió. Sin embargo, el dolor físico que sentía no era nada comparado con el dolor emocional que Marco Ferranti le estaba provocando. Se sentía expuesta y vulnerable.

Al instante, esas emociones se vieron sustituidas por el placer. Sierra comenzó a gemir y arqueó el cuerpo, rodeando a Marco por la cintura con las piernas. Al instante, se le llenaron los ojos de lágrimas.

Marco se movía deprisa y Sierra intentó acompasar el ritmo de sus movimientos. El dolor había remitido por completo y solo sentía placer, así que lo abrazó con fuerza y echó la cabeza hacia atrás, gimiendo con fuerza al llegar al clímax. Era lo más intenso que había experimentado nunca. Marco se estremeció, sujetándose con los brazos para no cargar todo el peso sobre Sierra.

La besó en la sien y dijo:

–Ha sido increíble.

–¿De veras? –preguntó ella con voz temblorosa.

–¿Has de preguntarlo? –sonrió él, y le acarició el cabello con ternura.

–Bueno, no tengo mucha experiencia en estas cosas, como ya sabes –miró hacia otro lado. Estaba a punto de llorar y no quería que Marco lo viera.

–Sierra... –le acarició la mejilla y ella notó un nudo en la garganta–. Deberías habérmelo dicho.

–No me parecía el momento adecuado.

–No estoy seguro de si habría habido otro momento mejor –dijo él, y se retiró de encima para quitarse el preservativo.

Sierra aprovechó para secarse los ojos y cubrirse con el edredón.

Marco la miró con los ojos entornados.

–¿Estás segura de que estás bien? –preguntó él.

Ella asintió y él insistió:

–¿No te arrepientes?

–No –susurró ella con sinceridad.

–Entonces, ¿por qué parece que vas a ponerte a llorar?

–Porque es demasiado –soltó ella. Al instante, las lágrimas rodaron por sus mejillas–. No esperaba sentir algo tan intenso. Y no me refiero físicamente. No me refiero al placer.

–Espero que también hayas sentido placer.

–Sabes que sí –dijo ella, con tono casi enfadado.

Marco frunció el ceño.

–Entonces, ¿qué?

¿No lo comprendía? Quizá él no había sentido lo mismo que ella. Era como si Marco le hubiera retirado todo lo que ella tenía para protegerse y se preguntaba cómo podría vivir sin él. Aunque la idea de vivir con él también la aterrorizaba.

—Tengo que ir al baño —murmuró y se levantó de la cama.

Marco la agarró del brazo.

—Sierra...

—Por favor, Marco —se liberó y se dirigió al baño—. Déjame ir.

Marco observó a Sierra encerrarse en el baño. ¿Qué diablos había pasado? Había disfrutado de la experiencia sexual más increíble de su vida y su amante estaba a punto de ponerse a llorar. No tenía sentido. Sabía que ella también lo había disfrutado y que había quedado afectada en el plano emocional. Igual que él. El sexo nunca le había parecido algo tan importante como ese día.

Sin embargo, Sierra parecía pensar que era algo malo. Parecía enfadada y se había puesto a llorar. ¿Por qué? ¿Porque no quería experimentar esos sentimientos? ¿No quería sentir esa conexión con él?

La respuesta era demasiado evidente. Blasfemando, Marco se levantó de la cama y buscó su ropa interior. Aquello era una aventura sexual. Nada más. Y daba igual lo que hubiera sentido momentos antes.

Sin embargo, le dolía que Sierra quisiera alejarse de él. La posibilidad de que ella pudiera arrepentirse de lo que había sucedido hacía que la furia lo invadiera por dentro. Una furia que recordaba demasiado bien. En esta ocasión, sería él quien se marchara primero. Debía asegurarse de ello.

Capítulo 13

V EINTE minutos más tarde, cuando salió del baño, Sierra había conseguido recuperar la compostura. Marco estaba sentado en la cama, recostado sobre las almohadas con los brazos cruzados. No sonreía.

—¿Estás mejor?

—Sí –contestó ella, y se acercó a él.

—¿No pensarás abandonar mi cama ahora?

—Pensaba que quizá fuera lo mejor.

—¿Lo mejor? ¿Y eso?

—Sin duda, te gusta tener tu espacio. Igual que a mí. Ambos sabemos de qué se trata esto, Marco.

—¿De qué se trata?

—Solo es una aventura –se obligó a decir ella–. En eso estamos de acuerdo. Nada ha cambiado –dijo, a pesar de que había sentido que todo su mundo se había resquebrajado cuando Marco le hizo el amor.

El amor... ¿Cómo no se había dado cuenta del peligro que corría? ¿Cómo no se había imaginado lo que podía afectarle una aventura?

—¿Y tener una aventura implica que no podamos dormir juntos? –soltó Marco–. ¿Implica que tengas que marcharte de mi cama corriendo como si estuvieras herida?

Sierra lo miró sorprendida. Él estaba dolido.

—Quizá sea mejor que me cuentes cuáles son las reglas. Es evidente que yo nunca he estado en una situación similar.

–Yo tampoco, Sierra –Marco se pasó la mano por el mentón–. Ninguna otra mujer me ha hecho sentir lo que tú.

Sierra tragó saliva. Cientos de sensaciones la invadían. Incredulidad, miedo, esperanza, alegría...

–Marco...

–No –dijo él–, como bien has dicho, ambos sabemos de qué se trata, pero aun así puedes quedarte a pasar la noche.

–¿Eso es lo que quieres?

–Sí –soltó él–. Es lo que quiero.

–Yo también.

–Bien –dijo Marco, y abrió los brazos para abrazarla.

Sierra se acercó, como si de pronto lo más sencillo fuera aceptar su abrazo. Momentos antes había deseado escapar, pero después se sentía como si no tuviera otro lugar para estar.

Sierra cerró los ojos y se acurrucó contra él, preguntándose cómo una simple aventura podía resultar tan confusa y hacer que experimentara tantas emociones.

Marco despertó y pestañeó al ver que el sol entraba por la ventana. Sierra estaba acurrucada entre sus brazos y con la mejilla apoyada en su torso desnudo. Habían dormido abrazados toda la noche y Marco se había quedado sorprendido de lo maravilloso que había sido. Daba igual lo que hubiera dicho la noche anterior, aquello era más que una simple aventura amorosa.

Con cuidado, se levantó de la cama y bajó al salón.

Estaba amaneciendo y los rascacielos se teñían de un color dorado.

Miró por la ventana sin dejar de pensar en Sierra y en la idea de que ella tenía que regresar a Londres aquella misma tarde. Él mismo le había reservado el billete. Unas semanas antes, aquello no le había supuesto ningún problema. Él se había convencido de que lo único que quería era que inaugurara el hotel, no que se metiera en su cama. O en su vida. Ni en su corazón.

Marco suspiró y se cubrió los ojos con las manos. No podía estar enamorado de Sierra. Él había visto cómo la gente a la que uno amaba también podía desaparecer. Su padre. Su madre. Incluso Sierra, siete años atrás, a pesar de que entonces el amor no estaba implicado en su relación. Y si Sierra había sido capaz de desaparecer entonces, ¿por qué no iba hacerlo en esta ocasión?

Debía dejarla marchar. Despedirse con un beso, agradecerle los buenos recuerdos que tendría y acompañarla al avión. Eso sería lo más sensato, pero no quería hacerlo.

Marco se volvió de la ventana y abrió su portátil. Trataría de no pensar en Sierra hasta que ella se levantara y él pudiera ver cómo se sentía.

Entró en la página de noticias y al ver un titular que decía: *¿Una Reunión de los Rocci?*, se quedó de piedra.

Rápidamente leyó el artículo. Los periodistas hablaban poco del hotel y especulaban acerca de la relación que él tenía con Sierra. Incluso había una foto borrosa de ellos bailando. Parecía una foto tomada con un teléfono móvil y que alguien había enviado a la prensa.

Marco blasfemó en voz alta.

–¿Marco?

Se volvió y vio que Sierra estaba en la puerta. Iba vestida con un camisón y tenía el pelo alborotado. Parecía nerviosa.

–¿Ocurre algo? –preguntó ella, acercándose a él.

Marco miró la pantalla del ordenador.

–No exactamente –dijo él, percatándose de que no sabía cuál sería su reacción al ver el artículo. Ni siquiera sabía qué era lo que sentía él. Rabia porque alguien hubiera vulnerado su intimidad. Y miedo. Miedo de que Sierra leyera aquel artículo y fuera la que se alejara primero.

–¿Qué significa «no exactamente», Marco? –Sierra miró la pantalla, pero él había cerrado la ventana.

–Hemos salido en las noticias. Alguien nos hizo una foto con el teléfono.

–¿Con el teléfono? ¿Y por qué?

–Para venderla a una revista.

–A una revista... ¿Y para qué quiere una revista una foto nuestra? Ya sé que inauguré el hotel, pero no es como si fuera famosa –lo miró asombrada–. ¿Tú eres tan famoso?

–Juntos somos famosos –contestó Marco–. A causa de nuestro pasado.

–Quieres decir...

–Sí, eso es lo que quiero decir.

–¿Y qué pone?

Marco dudó un instante, y abrió la ventana de nuevo.

–Compruébalo tú misma.

Sierra dio un paso adelante y comenzó a leer.

–«En esta ocasión, ¿los amantes encontrarán la felicidad fuera de la pista de baile?» –leyó–. ¡Madre mía! –añadió.

–Lo siento. Los periodistas tenían prohibido entrar al baile. No imaginé que podría suceder algo así.

–No sabía que nuestro compromiso de hace siete años fuera tan conocido –dijo Sierra–. Pensaba que había sido un asunto casi privado.

–No tanto. Tu padre lo anunció en una reunión de la junta directiva. Salió en los periódicos.

–Por supuesto. Para él era un tema de negocios. Y para ti también –dijo ella, y Marco no contestó.

Lo último que quería era hablar de lo que había sucedido hacía siete años. Deseaba llevar a Sierra otra vez a la cama y pasar el resto del día con ella.

Sierra respiró hondo y preguntó:

–¿A ti te importa el artículo?

–Es molesto. Me gusta que respeten mi privacidad. Y la tuya.

–Sí, pero... ¿que salga en los periódicos que hace siete años te dejé plantado?

–No es algo que me guste, Sierra, pero tampoco me ha destrozado.

–Por supuesto que no –murmuró ella–. Tengo que prepararme para el vuelo.

–No lo hagas –dijo él.

–¿No? –preguntó ella, arqueando las cejas.

–No te vayas –la miró a los ojos.

–La inauguración ha terminado, Marco. Ya no me necesitas aquí.

–Puede que no te necesite, pero lo estamos pasando bien,¿no?

–Lo estamos pasando bien...

–¿Por qué debería terminar tan pronto? –tiró del cinturón del albornoz que llevaba para atraerla hacia sí–. Quédate conmigo –dijo, metiendo las manos bajo el albornoz y rodeándola por la cintura. Tenía la piel cálida y suave–. Quédate conmigo un poco más.

–Tengo que trabajar –le recordó ella.

–¿Dar unas cuantas clases extraescolares? ¿No puedes cambiarlas para otro día?

Ella frunció el ceño.

–Puede que sí.

–Pues hazlo –la abrazó con fuerza para que ella pudiera darse cuenta de lo mucho que la deseaba–. Cámbialas y vente conmigo a Los Ángeles –si pasaba algunos días más con ella, y algunas noches, quizá se saciara y podría dejarla marchar.

Era sorprendente lo tentadora que resultaba su petición, claro que, ¿qué mujer podría resistirse a Marco Ferranti mientras él le acariciaba la piel y sonreía de manera seductora?

Sin embargo... ¿dejar su trabajo, sus obligaciones, su vida de Londres, para irse con él donde él decidiera?

–¿Sierra? –Marco la besó en los labios–. ¿Vendrás conmigo? –le mordisqueó el cuello y Sierra gimió de placer.

–Sí. Iré contigo.

Más tarde, tumbada entre las sábanas y admirando el torso desnudo de Marco, Sierra preguntó:

–¿Para qué vas a Los Ángeles?

–Espero abrir allí el próximo hotel de los Rocci.

–¿Lo esperas? –le acarició el vientre musculoso antes de deslizar la mano más abajo.

Marco le agarró la mano.

–Oye, al menos espera unos minutos.

–¿Unos minutos? –bromeó Sierra–. Y yo que pensaba que eras un semental con capacidad de súper héroe.

–Acabo de demostrarte mi capacidad en el dormitorio –dijo Marco y se colocó sobre ella–, pero estaré encantado de demostrártela otra vez.

Ella sonrió. Se sentía saciada, relajada y contenta. Más contenta de lo que se había sentido hacía mucho tiempo. O quizá más contenta que nunca.

–¿Así que has empezado a planificar un hotel en Los Ángeles?

–Solo son planes preliminares –Marco se tumbó boca arriba en la cama y dejó una mano sobre el vientre de Sierra.

Sierra se percató de que era muy agradable. Durante su vida había recibido pocas caricias. Su madre la había abrazado de vez en cuando y su padre solo en público, pero mimada y cuidada de esa manera... Se sentía como un gato y estaba a punto de ronronear.

–¿Por qué sonríes como un gato que acaba de comerse la nata? –preguntó Marco.

Ella se rio.

–Justo me estaba comparando con un gato.

–¿Te comparabas con un gato? ¿Y por qué?

–Porque me gusta que me acaricien. Estaba a punto de ponerme a ronronear.

–Y a mí me gusta acariciarte –Marco le acarició los senos–. Mucho.

Pasaron la mañana entera en la cama y, al mediodía, Marco encargó comida y se la sirvieron en el salón. Por la tarde, Marco preparó un baño de espuma y, cuando Sierra ya estaba en la bañera, Marco decidió acompañarla.

El agua se salió de la bañera cuando Sierra se echó a un lado para que Marco se acomodara.

–No sabía que ibas a bañarte conmigo –exclamó Sierra.

Marco arqueó una ceja.

–¿Algún problema?

–No, pero... –¿cómo podía explicarle que darse un baño con él resultaba mucho más íntimo que lo que habían hecho en la habitación? Y las cosas que habían hecho...

Al instante, Sierra se percató de que estaba siendo ridícula.

–No, por supuesto que no –dijo ella–. De hecho se me ocurren algunas maneras interesantes de enjabonarnos.

–¿Me las enseñas? –preguntó Marco.

Ella agarró el jabón y contestó:

–Por supuesto –repuso ella, y comenzó a enjabonarle el torso. Había perdido la vergüenza y la inseguridad a lo largo del día. Se sentía segura y poderosa, consciente de lo mucho que Marco la deseaba.

–Sierra... –su voz se llenó de deseo cuando ella le acarició el miembro.

A ella le encantaba darle placer, y saber que lo afectaba de esa manera.

–Vas a matarme –murmuró él, y le sujetó la mano.

Ella arqueó una ceja.

–¿No sería una buena manera de morir?

–Sin duda, pero todavía tengo mucha vida dentro de mí –contestó, y le demostró a qué se refería.

Horas más tarde atardecía sobre la ciudad y Sierra estaba en la cama observando a Marco mientras se vestía.

–¿Vamos a algún sitio? –preguntó ella, mientras él se abrochaba la camisa.

–Tengo una reunión –dijo él, disculpándose con una mirada–. Ha sido maravilloso pasar el día sin trabajar, pero tengo que regresar al trabajo en algún momento.

–Ah –Sierra se cubrió con el edredón–. Claro. ¿Vas a salir?

–Puedes pedir lo que te apetezca al servicio de habitaciones –dijo Marco, mientras elegía una corbata azul cobalto.

Sierra lo observó mientras se hacía el nudo. Se sentía incómoda, incluso dolida, y no sabía por qué. Por supuesto, Marco tenía reuniones de trabajo y ella no podía acompañarlo.

–Te veré esta noche –sonrió él–. Y mañana nos iremos a Los Ángeles.

–Ni siquiera he cambiado mi billete de avión...

–Lo he cancelado.

–¿Lo has cancelado? –preguntó sorprendida.

Marco se estaba poniendo la chaqueta y dijo:

–¿Para qué iba a dejar que te ocuparas tú de ello?

–Pero tengo que reservar otro vuelo para regresar a Londres.

–Ahora no tenemos que pensar en eso –la besó en la frente y salió de la habitación.

Sierra permaneció en la cama, preguntándose dónde se había metido.

–Una aventura –dijo en voz alta–. Sabes muy bien que solo es una aventura para tener sexo –lo que antes le parecía sencillo y seguro, se había convertido en algo sórdido.

Salió de la cama tratando de desprenderse de la sensación de incertidumbre y mal humor y se vistió. No le gustaba la idea de pedir comida y comer sola en la habitación, así que, decidió salir a la ciudad y explorar por su cuenta.

Veinte minutos más tarde, Sierra se dirigió a la planta baja y salió del hotel. El recibidor estaba lleno de clientes. La inauguración había sido un éxito. Era evidente que algunas personas la reconocían al pasar, pero Sierra ignoró sus miradas especulativas. No pensaba preocuparse por la noticia que había salido en la revista. Al día siguiente, todo el mundo la habría olvidado.

Paseando hacia Columbus Circle encontró un pequeño restaurante francés y entró. Al ver el menú se dio cuenta de que estaba hambrienta. Suponía que se debía a haber estado haciendo el amor todo el día, y la idea la hizo sonreír. Pidió un filete con patatas, se lo comió y, cuando estaba a punto de salir, un periodista se acercó a ella.

—Disculpe... ¿Sierra Rocci?

—¿Sí? —contestó ella, antes de que se disparara el flash y el periodista comenzara a hacerle preguntas.

—¿Por qué está aquí sola? ¿Ha discutido con su amante Marco Ferranti? ¿Es cierto que se alojan en la misma suite? ¿Por qué lo dejó plantado hace siete años?

—No tengo ningún comentario al respecto —contestó Sierra y se marchó.

El periodista continuó haciéndole preguntas caminando detrás de ella.

—¿Ferranti le fue infiel? ¿O fue usted quien lo engañó? ¿Ahora están juntos por un tema de negocios únicamente?

Por fin, cuando Sierra dobló una esquina, el periodista la dejó tranquila. Ella continuó caminando deprisa hasta el hotel. Al llegar, tenía el corazón acelerado y estaba sudando. Aunque pensaba que estaba preparada para manejar a los periodistas, se había dado cuenta de que no era cierto.

Nada más llegar a la suite, Marco salió a su encuentro y le preguntó enfadado:

—¿Dónde diablos has estado?

Capítulo 14

MARCO no podía recordar cuándo había sido la última vez que se había sentido tan furioso. Y tan asustado. Había regresado a la suite con la idea de que se encontraría a Sierra esperándolo en la cama. Sin embargo, la habitación estaba vacía, y cuando llamó a recepción el conserje le informó de que Sierra había salido hacía horas.

Marco había paseado de un lado a otro de la habitación durante un cuarto de hora, tratando de controlar la rabia y el pánico que sentía. Sin embargo, pensar de forma racional era difícil cuando los malos recuerdos lo invadían. Había tratado de convencerse de que ella no se marcharía sin despedirse. Y además no se había llevado su ropa.

Sin embargo, tampoco se había llevado nada cuando se marchó la noche antes de la boda. Y la idea de que se hubiera marchado de nuevo hacía que se pusiera tenso. Sería él quien dijera cuándo terminaría su relación. Y no había llegado el momento todavía.

–¿Y bien? –preguntó él al ver que ella no contestaba–. ¿Tienes una respuesta?

–No –contestó Sierra con frialdad.

–¿No? ¿Has estado fuera durante horas y ni siquiera quieres decirme dónde?

–No tengo que decirte nada, Marco –contestó Sierra por encima del hombro–. No te debo nada.

–¿Qué tal si me das una explicación?

Ella subió por la escalera.

–Ni siquiera.

Marco la siguió hasta el dormitorio y miró con incredulidad cómo Sierra sacaba la maleta y comenzaba a guardar su ropa.

–¿Estás haciendo tu maleta?

Ella esbozó una sonrisa.

–Eso parece, ¿no crees?

–¿Para Los Ángeles?

–No. Para Londres –contestó ella, mirándolo a los ojos.

Marco se quedó sin habla a causa de un sentimiento de furia y sufrimiento. No quería sentir sufrimiento, la rabia era más fuerte.

–Maldita seas, Sierra –exclamó él y levantó la mano para... ¿Para qué? No lo sabía. Pensaba tocarle el hombro, o acariciarla, pero al ver que ella se ponía tensa, como si esperara que le pegara, se quedó paralizado.

–¿Sierra? –la llamó en voz baja.

–Me voy.

Marco la miró unos segundos, tratando de calmarse.

–¿Pensabas regresar a Londres antes de volver al ático?

Ella lo miró fijamente.

–No.

Él respiró hondo.

–Siento haberme enfadado tanto.

Ella se encogió de hombros, como si no fuera importante, pero Marco supo enseguida que lo era.

–Te has puesto tensa, casi como si... –no quería dar voz a sus sospechas.

–¿Como si qué? –preguntó Sierra.

–Como si esperaras que yo fuera a pegarte –tragó saliva.

–No –dijo ella, y respiró hondo–. Pero supongo que las viejas costumbres tardan en desaparecer.

–¿Qué quieres decir?

–No tiene sentido mantener esta conversación.

–¿Cómo puedes decir eso? Es posible que sea la conversación más importante que hemos tenido nunca.

–Oh, Marco –ella lo miró con tristeza–. Ojalá fuera así, pero...

–¿Qué quieres decir? Sierra, ¿te ha pegado algún hombre alguna vez?

El silencio que vino a continuación se hizo interminable. Marco sentía que le costaba respirar.

–Sí –contestó ella con resignación.

Marco notó que la furia se apoderaba de él. Una furia dirigida contra el hombre que se había atrevido a hacerle daño y a abusar de ella. Estaba dispuesto a matar a ese bastardo.

–¿Quién fue? ¿Un novio?

–No –dijo ella–. Mi padre.

Sierra observó que Marco apretaba los dientes, pestañeaba y la miraba con incredulidad. Ella continuó recogiendo sus cosas. El hecho de que él le hubiera gritado había despertado su señal de alarma, y en ese momento se daba cuenta de por qué se había sentido tan incómoda cuando Marco la había dejado sola en la habitación. Se estaba convirtiendo en su madre. Dejando de lado su vida tras la petición de un hombre. No estaba dispuesta a seguir el mismo camino, y cuando Marco gritó enfadado, Sierra se percató de que había estado a punto de caer en la trampa. Menos mal que se

había dado cuenta antes de que fuera demasiado tarde...
Aunque la idea de separarse de Marco le resultaba dolorosa.

–¿Tu padre? –repitió Marco–. ¿Arturo? No.

–Sabía que no me creerías.

Él estaba temblando y negaba con la cabeza.

–Pero... –empezó a decir él, pero se calló.

Sierra recogió el vestido que se había puesto en la inauguración.

–Sierra, espera –la agarró por la muñeca con cuidado, y ella se quedó completamente quieta.

Él la miró unos instantes. Después la soltó y dio un paso atrás.

–Sabes que nunca te haría daño.

–Lo sé –dijo ella. Creía lo que él le decía, pero no podía evitar sentir miedo. Le resultaba difícil confiar.

Marco se fijó en que a Sierra le temblaban las manos.

–¿Te importa? –preguntó ella.

–¿Qué quieres decir? ¿Si me importa que él te pegara?

–¿De veras quieres que te de una explicación?

–Sierra, tu padre era como si fuera mi padre. Yo lo quería. Y confiaba en él. Sí, quiero que me lo expliques.

–Entonces, lo haré –dijo ella con frialdad. Era sorprendente el alivio que suponía contarle la verdad. Llevaba mucho tiempo guardando ese secreto–. Mi padre me pegaba a menudo. También pegaba a mi madre. En público se hacía pasar por un padre y un marido atento y amoroso, pero en privado abusaba física y emocionalmente de nosotras. Bofetadas, pellizcos, golpes... Insultos, menosprecios, mofas... –negó con la cabeza. Tenía un nudo en la garganta y los ojos llenos de lágrimas–. Mi madre lo amaba de todos modos. Yo nunca pude

comprender cómo era posible. Ella lo amaba y no quería oír nada en contra de él, aunque siempre intentó
protegerme de sus ataques de rabia.

Marco negó con la cabeza.

–No...

–No me importa si lo crees o no –dijo Sierra, aunque
sabía que era mentira–. Al menos ya te lo he contado.
Ya lo sabes, aunque no quisieras saberlo.

Sierra cerró la maleta.

–Por favor, Sierra, no te vayas –dijo él, y colocó la
mano sobre la maleta.

–¿Por qué iba a quedarme?

–Porque quiero que te quedes. Porque lo hemos pasado de maravilla –respiró hondo–. Mira, esto es una
gran sorpresa para mí. No es que no te crea, pero dame
unos minutos para asimilarlo. Por favor.

Sierra asintió despacio. A pesar de que deseaba salir
corriendo, comprendía que lo que él decía tenía sentido. Y en realidad, no quería marcharse.

–De acuerdo –dijo, y esperó.

Se quedaron en silencio unos minutos.

–¿Por qué no me lo habías contado antes? –dijo
Marco al fin.

–¿Me habrías creído? Me odiabas, Marco.

–Me refiero a cuando estábamos comprometidos.

–En aquel entonces eras la mano derecha de mi padre.

–Pero ibas a casarte conmigo. ¿Cómo íbamos a tener un buen matrimonio con un secreto tan importante
entre nosotros?

–Me di cuenta de que no era posible.

–¿Te marchaste por tu padre? –Marco la miró con
incredulidad.

–En cierto modo supongo que sí.

–No lo comprendo, Sierra –se pasó la mano por el cabello–. Por favor, ayúdame a comprenderlo –dijo Marco.

–No sé qué quieres que diga.

–Lo que sea. Cualquier cosa. ¿Por qué aceptaste casarte conmigo?

Sierra respiró hondo y lo miró a los ojos.

–Para alejarme de mi padre.

Marco se puso pálido y apretó los dientes.

–¿Ese era el único motivo?

Ella asintió y vio que Marco se volvía y salía de la habitación. Una vez a solas, se tumbó en la cama. Se sentía débil. Tenía ganas de llorar. ¿Por qué? ¿Porque había perdido a Marco? Era mejor así, y en cualquier caso Marco nunca había sido suyo.

Al cabo de unos momentos, Sierra agarró la maleta y bajó la escalera de caracol. Marco estaba en el salón, de espaldas a ella y mirando por la ventana. Ella dudó un instante. En realidad no quería marcharse. No quería salir durante la noche, sin saber dónde ir, tal y como había hecho en otra ocasión.

Sin embargo, ¿cómo podía quedarse?

Al moverse crujió el escalón y Marco se volvió.

–¿Sigues pensando en marcharte? –le preguntó con el ceño fruncido.

–No sé qué hacer, Marco –comentó ella.

Marco blasfemó y se acercó.

–Sierra, *cara,* he sido un completo idiota. Por favor, perdóname.

Era lo último que ella esperaba que dijera. Marco le quitó la maleta y la dejó en el suelo. Entonces, estiró las manos y le suplicó:

–No te vayas, Sierra. Por favor. Todavía no. No hasta que yo comprenda lo que pasa. No hasta que solucionemos esto.

–¿Y cómo podemos solucionarlo? Sé lo que mi padre significaba para ti, y yo lo odio. Lo odio... –se puso a llorar–. Siempre lo he odiado –continuó ella, pero el llanto ahogó su voz y, cuando empezó a temblar, Marco la abrazó.

Sierra apoyó el rostro en su torso y él le acarició la espalda mientras le susurra palabras cariñosas al oído. Ella no era consciente de la pena y el sufrimiento que contenía, no solo por el padre que había tenido, si no también por el padre que no había tenido. Por los años de soledad, miedo y frustración. Por el hecho de que siete años después, todavía tenía miedo de confiar en alguien. De amar a alguien.

–Lo siento –consiguió decir ella, y se separó una pizca de él para secarse las mejillas–. Mi intención no era derrumbarme.

–Tonterías. Necesitabas llorar. Has sufrido mucho, Sierra, más de lo que yo podía imaginar. Mucho más de lo que yo sabía. Ven, vamos a sentarnos.

La llevó hasta una butaca de piel y se sentó a su lado, rodeándola por los hombros.

–¿Me lo cuentas? –preguntó Marco al cabo de un rato.

Sierra suspiró.

–¿Qué quieres que te cuente?

–Todo.

–No sé por dónde empezar.

Él la acurrucó contra su cuerpo.

–Empieza por donde quieras, Sierra –dijo él.

Al cabo de un momento, Sierra comenzó a hablar. Le contó que la primera vez que su padre le había pegado una bofetada era cuando tenía cuatro años, y no había entendido qué había hecho mal. Había tardado años en tener la respuesta a esa pregunta: nada.

Ella le contó que su padre podía ser amable y juguetón, que la lanzaba al aire, que la llamaba princesa, y que le hacía montones de regalos, igual que a su madre.

–Hasta que fui mucho mayor no me di cuenta de que solo nos trataba de esa manera cuando alguien nos estaba mirando.

–¿Y cuando estabais a solas? –preguntó Marco–. ¿Siempre os...?

–Lo bastante a menudo como para que yo tratara de esconderme de él, pero eso lo hacía enfadar. A ningún monstruo le gusta que le muestren su imagen...

–¿Y cuando te hiciste mayor?

–Sabía que tenía que alejarme de él. Mi madre no iba a abandonarlo nunca. Yo le supliqué que lo hiciera, pero ella se negó. Se enfadaba conmigo porque ella lo amaba –Sierra negó con la cabeza–. Eso nunca lo he comprendido. Sé que podía ser un hombre encantador y que era atractivo, pero su forma de tratarla... –se le entrecortó la voz.

–¿Y por qué no te escapaste cuando te hiciste mayor?

Ella soltó una carcajada.

–Hablas como si fuera muy simple.

–No era mi intención –contestó Marco–. Solo quiero comprender. Todo esto resulta difícil de creer.

¿Era tan difícil? ¿Él confiaba en ella? Sierra tenía demasiadas preguntas en la cabeza. Marco le acarició la barbilla y le volvió el rostro para que lo mirara.

–No quería decir eso, Sierra.

–¿Tú me crees? –soltó ella.

–Sí –dijo él–. Por supuesto que te creo, pero no quiero hacerlo.

–Porque querías a mi padre.

Marco asintió y apretó los dientes.

–¿Recuerdas que te conté que mi padre se marchó? Para empezar, apenas estaba presente y, de pronto, un día no volvió más. Y mi madre... –hizo una pausa.

–¿Tu madre?

–No importa. Lo que quería decir es que Arturo era lo más cercano a un padre que he tenido nunca. Te conté que yo estaba trabajando como botones cuando él se fijó en mí... De no haber sido por él me habría pasado la vida llevando maletas. Él me invitó a tomar algo, me dijo que se daba cuenta de que yo tenía ambiciones. Entonces, cuando yo tenía diecisiete años, me dio un trabajo en una oficina. Al cabo de unos años me ascendió en la empresa, y el resto ya lo sabes –suspiró–. En todo momento me animó, me escuchó y me aceptó, de un modo que mi padre no hizo. Darme cuenta de que el hombre al que yo tanto estimaba era como tú cuentas... Resulta doloroso creerlo, pero te creo.

–Gracias –susurró ella.

–No has de agradecérmelo, Sierra –hizo una pausa–. Así que querías escapar... ¿Y por qué me elegiste?

–Te eligió mi padre –contestó Sierra–. Yo lo sabía, aunque me gustaba pensar que yo tenía más opinión y control de lo que en realidad tenía –soltó una triste risita–. ¿Sabes lo que me convenció, Marco? El día que te conocí vi cómo acariciabas a un gato. Estabas en el jardín, esperando a entrar, y un gato se restregó contra tus piernas. Tú te agachaste para acariciarlo. Mi padre le habría dado una patada. En ese momento, pensé que eras un caballero.

–Hablas como si estuvieras equivocada.

–No, yo... –se calló y se mordió el labio inferior–. Iba a casarme contigo por los motivos equivocados, Marco. Me di cuenta de ello la noche antes de nuestra boda. Da igual lo que haya entre nosotros ahora, y sé que solo es una aventura, entonces no habría funcionado. Necesitaba encontrar mi camino, ser yo misma.

–¿Y qué pasó esa noche en realidad? –preguntó Marco.

–Lo que te conté. Oí que hablabas con mi padre y me di cuenta de lo unidos que estabais. Después, oí que mi padre te daba ese consejo terrible.

–Sabré como manejarla –repitió Marco–. Ahora comprendo que te asustaras, pero ¿no podías habérmelo preguntado, Sierra?

–¿Y qué iba a preguntarte? ¿Vas a pegarme alguna vez, Marco? Nadie contestaría a esa pregunta con sinceridad.

–Yo lo habría hecho.

–Yo no te habría creído. Eso es lo que comprendí aquella noche, Marco. Corría un riesgo demasiado grande.

–Así que huiste, tal y como podías haber hecho antes de que nos comprometiéramos.

–No exactamente. Mi madre me ayudó. Cuando le dije que no te amaba...

–¿Qué hizo?

–Me dio dinero –susurró Sierra–. Y el nombre de una amiga que tenía en Inglaterra y que podría ayudarme.

–¿Y te marchaste en medio de la noche? ¿A Palermo?

–Sí. Estaba aterrorizada –tragó saliva–. Nunca había estado sola en la ciudad. Paré un taxi y fui al muelle. Esperé toda la noche en la oficina de billetes y tomé el primer ferri hacia Europa continental.

–¿Y después a Inglaterra? Debió de ser un viaje largo.

–Lo fue. Tomé muchos trenes, y después llegué a Londres sin apenas saber inglés. Me perdí en el metro y alguien trató de robarme la cartera. Cuando fui a buscar a la amiga de mi madre, se había cambiado de casa. Pasé la noche en un albergue para mujeres y entré en una biblioteca para localizar la dirección de la amiga de mi madre por Internet. Tuve suerte.

–Mucho esfuerzo para separarte de mí –comentó Marco.

–No, para separarme de mi padre. No eras tú, Marco. No hago más que decírtelo.

Él la miró fijamente.

–¿Cómo puedes decir eso, Sierra? Claro que era por mí. Sí, también era por tu padre, eso lo comprendo, pero si hubieras confiado en mí nunca te habrías marchado a Londres.

–Eso es cierto. Siempre he tenido dificultad para confiar en la gente. Sobre todo en los hombres.

Marco suspiró.

–Ya.

Sierra se puso en pie y paseó por la habitación.

–¿Y ahora qué? –preguntó al cabo de un momento–. ¿Debo irme? Podría regresar a Londres esta noche.

Marco la miró.

–¿Es lo que quieres?

Ella permaneció en silencio unos instantes.

–No –susurró al fin–. No es lo que quiero.

Marco parecía sorprendido. Después, Sierra vio su expresión de alivio y se sintió aliviada también.

Él se levantó del sofá, atravesó la habitación y la abrazó.

–Bien –le dijo antes de besarla.

Capítulo 15

MARCO contempló el cielo azul durante tanto rato que comenzaban a llorarle los ojos. El avión estaba a punto de aterrizar en Los Ángeles y él apenas había hablado con Sierra durante las seis horas que había durado el vuelo.

Le apetecía haber hablado con ella. Se le habían ocurrido montones de conversaciones, pero ninguna le parecía adecuada. El problema era que, después de lo que ella le había confesado la noche anterior, él no sabía cómo acercarse a ella. Cómo manejarla.

Un sentimiento de culpa se instaló en su vientre mientras recordaba lo que Sierra le había dicho. Se sentía atormentado por una mezcla de emociones. Tristeza por todo lo que Sierra había aguantado, culpabilidad por haber formado parte de aquello, confusión y lástima por lo que sentía por Arturo, un hombre al que había querido, pero que había sido un monstruo con su hija.

Finalmente había decidido permanecer en silencio. Le había resultado más sencillo, aunque lo convirtiera en un cobarde.

—Por favor, abróchense los cinturones que vamos a aterrizar.

Marco miró a Sierra y sonrió. Ella sonrió también, pero él se percató de que no era una sonrisa sincera.

—¿Tienes ganas de conocer Los Ángeles? —preguntó él, tratando de romper el silencio.

–Sí, gracias –contestó Sierra con educación.

Ambos estaban actuando como si fueran desconocidos, y quizá, teniendo en cuenta lo poco que sabían uno del otro, era lo que eran: desconocidos.

Después de aterrizar y recoger las maletas, una limusina los estaba esperando. Una vez acomodados en los asientos de piel, el silencio se hizo todavía más incómodo. Y durante un largo rato, ninguno de los dos habló.

–¿Dónde vamos a alojarnos? –preguntó Sierra después–. Aquí todavía no hay un hotel del grupo Rocci.

–En el Beverly Wilshire –Marco esbozó una sonrisa–. Tengo que conocer a la competencia.

–Por supuesto –ella volvió a mirar por la ventana.

Una vez en el hotel, un botones los acompañó hasta la planta privada donde se encontraba su suite. Marco se sintió satisfecho al ver que la habitación era impresionante. Quizá no fuera un hotel del grupo Rocci, pero todavía podía ofrecerle a Sierra lo mejor. Deseaba darle lo mejor.

La suite tenía tres dormitorios, cuatro baños, un salón de prensa, un comedor, una sala de estar y una cocina. Y lo mejor era la amplia terraza con vistas panorámicas de la ciudad.

Sierra salió a la terraza e inhaló el aire del desierto antes de mirar las colinas que había al norte de Los Ángeles.

–Se parece un poco a Sicilia.

–Un poco –convino Marco.

–No sé si necesitábamos una habitación tan grande –dijo ella, con una sonrisa–. ¿Tres dormitorios?

–Podemos dormir en uno diferente cada noche.

–¿Cuánto tiempo piensas quedarte aquí?

–No estoy seguro. Quiero concluir las negociaciones

preliminares para The Rocci Los Ángeles, y no tengo que regresar a Palermo hasta la semana que viene –se encogió de hombros–. Podemos quedarnos y disfrutar de California –«Y de nosotros», pensó.

–Tengo que regresar al trabajo –le recordó Sierra–. Y a mi vida.

–Trabajas por libre –señaló Marco–. Es un trabajo flexible.

Ella frunció el ceño y miró a otro lado. Así que había metido la pata. Marco estaba seguro de que la metería.

Sierra entró de nuevo en la suite y Marco la siguió.

–Creo que voy a darme un baño –dijo ella sin mirarlo–. Para quitarme la mugre del viaje.

–Muy bien –dijo Marco, y la observó salir de la habitación con frustración.

¿Podrían complicarse más las cosas? Sierra puso una mueca y abrió los grifos de la bañera. No sabía de qué se arrepentía más, si de haberle contado a Marco la verdad sobre su padre o de haber ido con él a Los Ángeles. El problema era que seguía deseando estar con él. Y no sabía cómo iban a superar ese obstáculo en su relación.

«Si no tenéis una relación».

Quizá estuviera a punto de enamorarse de él, pero eso no significaba que Marco sintiera lo mismo por ella. Él le había dejado muy claro que solo tenían una aventura y, en cualquier caso, ella ni siquiera deseaba que él se enamorara de ella. Tampoco quería estar enamorada. No después de haber visto lo que el amor le había hecho a su madre. Y cuando sabía lo que podía hacerle a ella.

Desde que se había reencontrado con Marco, su vida se había complicado. Desde que había hecho el amor con él, se había sentido más feliz y más asustada que en los últimos siete años. La felicidad podía ser fugaz, frágil y tremendamente necesaria. ¿Cuánto sufriría cuando Marco desapareciera de su vida?

Era mejor cortar por lo sano. Eso mismo se había dicho el día anterior y, sin embargo, había ido a Los Ángeles con él. Se parecía más a su madre de lo que deseaba. Sierra cerró los ojos unos instantes y apenas oyó que alguien llamaba a la puerta del baño.

–¿Sierra? ¿Puedo pasar?

Sierra abrió los ojos y miró su cuerpo desnudo cubierto de espuma.

–Está bien –contestó.

Marco abrió la puerta despacio y entró en el baño. Se había cambiado de ropa y se había puesto unos pantalones vaqueros y una camiseta negra. Tenía el cabello alborotado.

–No sabía qué decirte.

Sierra lo miró sintiéndose vulnerable, y enseguida supo que Marco había entrado allí por un importante motivo.

–Yo tampoco sabía qué decir.

–Ojalá tuviera las palabras adecuadas.

–Y yo –susurró ella.

Despacio, Marco se acercó a la bañera. Sierra lo miró conteniendo la respiración.

–¿Puedo ayudarte a enjabonarte? –preguntó él, y ella lo miró paralizada por la indecisión y la nostalgia.

Finalmente, Sierra asintió.

Observó cómo Marco se enjabonaba las manos y comenzaba a frotarle la espalda. Sus movimientos eran delicados e íntimos, casi más que las cosas que habían hecho en la cama. Sin embargo, no había nada de sexual en sus caricias. Era casi como si estuviera ofreciendo algún tipo de penitencia y pidiendo la absolución.

Ella se estremeció al sentir que él la besaba en la nuca, y el deseo la invadió por dentro cuando continuó besándola por la columna vertebral.

–Marco...

–Deja que te haga el amor, Sierra.

Sierra asintió y él la tomó en brazos para sacarla de la bañera y llevarla al dormitorio principal. Sierra lo miró desde la cama y observó cómo se desnudaba.

Cuando ella estiró los brazos, él se tumbó sobre ella y la besó de forma apasionada. Ella reaccionó con desesperación y, finalmente, Marco la penetró y se adentró en su cuerpo, gimiendo y pronunciando su nombre cuando ambos alcanzaron el clímax a la vez.

Después permanecieron tumbados hasta que sus corazones recuperaron el ritmo normal y la luz del atardecer entró por las cortinas.

Sierra sabía que echaría de menos todo aquello cuando su aventura terminara. Y a pesar de la ternura que Marco le había mostrado y del intenso placer que habían sentido al hacer el amor, sabía que terminaría pronto. Lo había notado por cómo Marco se había retirado a la privacidad de su pensamiento, mirando al techo con el ceño fruncido y en silencio. Ella no tenía ni idea de qué era lo que él estaba pensando o sintiendo. Momentos antes había sido el hombre más amable y cariñoso que había conocido nunca, ¿y después?

Ella suspiró y se levantó de la cama.

–Voy a vestirme.

Él apenas la miró mientras recogía su ropa.

–Podemos pedir comida al servicio de habitaciones.

–Prefiero salir –dijo ella, deseando salir del silencio

opresivo en el que se habían sumido desde la noche anterior.

–Muy bien –contestó Marco. Sin mirarla, comenzó a vestirse.

Una hora más tarde estaban sentados en una marisquería de Rodeo Drive. Sierra leía la carta mientras Marco elegía el vino.

–Entonces, ¿qué trabajo tienes que hacer aquí exactamente? –preguntó ella, después de que pidieran la comida.

–Voy a reunirme con los de urbanismo para acordar dónde construiremos el hotel.

–¿Y dónde es?

–No muy lejos de aquí. En una parcela de Wilshire Boulevard –golpeó los dedos sobre la mesa como con impaciencia.

Sierra no pudo evitar preguntar.

–Lo siento, ¿te estoy haciendo perder el tiempo? –preguntó.

Marco la miró sorprendido.

–Por supuesto que no.

–Es que parece que estás deseando marcharte.

–¿Lo parece? No, por supuesto que no...

Sierra no contestó. Quizá el problema lo tenía ella y no Marco. Había notado que le afectaban mucho sus cambios de humor, que hacían que se preocupara y que quisiera complacerlo. ¿Su madre había pasado por lo mismo, preguntándose cada día si su esposo regresaría a casa sonriendo o gritando? ¿Preparándose para un beso o para una patada?

No soportaba todos los sentimientos que marco provocaba en ella. Ni la incertidumbre. Era mejor cuando ella no le daba tanta importancia. Ese era el problema, Sierra había empezado a quererlo.

El miedo se apoderó de ella. «Menuda aventura», pensó. ¿Cómo había permitido que él traspasara sus defensas y alcanzara su corazón? Jamás había querido encontrar el amor y, sin embargo, el amor la había encontrado a ella.

–¿Ocurre algo?

Sierra lo miró un instante.

–No...

–Como tienes el ceño fruncido...

–Lo siento –ella negó con la cabeza y forzó una sonrisa–. Supongo que estoy cansada.

Marco la miró dubitativo, consciente de que estaba mintiendo.

–Mi trabajo solo me llevará unos días –dijo él–. Terminaré pasado mañana. A lo mejor podemos ir a Palm Desert...

Durante unos instantes, Sierra se imaginó en un resort de lujo pasando los días y las noches entre los brazos de Marco. Y después de unos días, ¿qué pasaría? Quizá él le pidiera que regresara con él a Palermo, Quizá pudiera disfrutar de ir de compras y de comer en restaurantes elegantes en su compañía, pero, tarde o temprano, él se cansaría de ella y ella habría dejado su vida atrás, tal y como había hecho su madre. Y aunque Marco no se cansara de ella, ¿qué sería Sierra para él? ¿Un mero entretenimiento?

Aun así, se sentía tentada. «Eso es lo que hace el amor». Te destroza física y emocionalmente.

Marco frunció el ceño al ver que ella no contestaba.

–¿Sierra?

¿Cuánto tiempo iríamos a Palm Desert?

Marco se encogió de hombros.

–No lo sé. ¿Unos días? Ya te lo he dicho, tengo que regresar a Palermo la semana que viene.

–Ya –y no importaba lo que ella tuviera que hacer. Por supuesto. Sierra respiró hondo. Estaba a punto de decir lo más difícil que había dicho en su vida, pero sabía que no tenía más remedio que hacerlo–. No creo que sea buena idea, Marco.

Marco la miró fijamente y apretó los dientes. Antes de que él pudiera responder, el camarero llegó con una botella de champán y sirvió dos copas.

Marco agarró una y dijo con ironía:

–¿Por qué brindamos?

Sierra solo pudo negar con la cabeza. Se sentía abrumada. No quería que su relación con Marco terminara de esa manera y, sin embargo, no sabía cómo podía terminar de otra manera. Cualquier final sería tremendo.

–Por nada, entonces –dijo Marco con amargura, y bebió un sorbo.

Capítulo 16

MARCO sentía que la estaba perdiendo, y ni siquiera podía decir que estaba sorprendido. Aquello era lo que sucedía cuando se amaba a alguien. Ese alguien se marchaba.

Y él amaba a Sierra. La había amado desde hacía mucho tiempo. Y aunque había estado convencido de que sería él quien se marchara primero, no quería hacerlo. Nunca. Deseaba dormir con Sierra todas las noches de su vida y despertar a su lado. La amaba. Deseaba estrecharla entre sus brazos y sostener al bebé de ambos. Experimentar a su lado todo aquello que la vida podía ofrecerles, lo bueno y lo malo.

Marco dejó la copa de champán sobre la mesa. Amaba a Sierra y la sentía cada vez más distante.

—Creo que después de todo no tengo hambre —Sierra estaba pálida y le temblaban los dedos. Dejó la servilleta sobre la mesa y se puso en pie.

¿Iba a dejarlo solo en el restaurante? Los periódicos tendrían la noticia perfecta. Marco se levantó y la agarró del codo para acompañarla fuera del restaurante.

Ella se separó de él en cuanto llegaron a la calle.

—No me trates así.

—¿Así, cómo? —repitió con incredulidad—. Es posible que hubiera un paparazzi ahí dentro, Sierra. Solo intentaba evitarnos una escena.

Ella negó con la cabeza y se frotó el codo como si le hubiera hecho daño. Él se sintió medio mareado.

–¿Crees que soy capaz de hacerte daño?

–No –dijo ella, pero no parecía convencida.

Marco se percató de que nunca había confiado en él. Y mucho menos lo había amado. Los recuerdos de su infancia estaban demasiado presentes. Daba igual lo que sintieran el uno por el otro, no tenían ninguna oportunidad.

–Regresemos al hotel –dijo él, y llamó a un taxi.

Una vez en la suite, Sierra le dijo:

–Creo que debería marcharme –dijo ella con la voz temblorosa.

–Al menos esta vez tienes la decencia de decírmelo.

Ella empalideció, asintió y se volvió. Él se sentó en el sofá, ocultó el rostro entre las manos y oyó que ella empezaba a recoger sus cosas.

Él trató de convencerse de que era mejor así. Nunca podrían tener una buena relación porque el pasado era demasiado poderoso. Ni siquiera aunque Sierra estuviera dispuesta.

Sin embargo, ¿iba a dejar que Sierra se alejara de su lado por segunda vez? Amaba a aquella mujer. Demasiado como para dejarla escapar otra vez.

Sin embargo, eso era lo que hacía la gente. Su padre, su madre, Sierra. Todos lo habían abandonado, se habían marchado sin decirle adiós, dejándolo sin poder hacer nada más que esperar y sufrir.

No obstante, esta vez tenía otra posibilidad. Tenía la oportunidad de hablar con Sierra y pedirle, o suplicarle, que se quedara. No se dejaría llevar por el orgullo. La amaba demasiado como para eso.

Se levantó del sofá y paseó por la habitación. ¿Y si ella le decía que no? ¿Y si se marchaba de todas maneras?

Sierra salió del dormitorio con la maleta en la mano.

—Voy a pedir un taxi...

—No —le ordenó él.

Sierra pestañeó. No le gustaba que le dieran órdenes y él lo comprendía.

—Por favor, Sierra, no quiero que vuelvas a alejarte de mi vida.

Ella dudó un instante y él se acercó a ella y le retiró la maleta de la mano.

—Te pido que me escuches unos minutos, y si todavía quieres marcharte cuando haya terminado, no te detendré. Te lo prometo —le suplicó con el corazón acelerado.

Sierra se mordisqueó el labio inferior y asintió.

—Está bien —susurró.

Él la llevó hasta el sofá y ella se sentó.

—No quiero que te vayas —dijo él, paseando de un lado a otro—. No quiero que te vayas hoy, ni mañana, ni ningún día después de mañana —confesó. Por una vez en la vida estaba luchando por lo que quería, por quién amaba, y eso lo hacía sentirse poderoso. Fuerte. El amor lo hacía fuerte—. No quiero que te vayas nunca, Sierra.

—No ha funcionado, Marco. El pasado sigue presente entre nosotros...

—Lo sé, pero le estamos dando demasiado poder —se arrodilló frente a ella y le agarró las manos—. Te quiero, Sierra. Y solo me he dado cuenta de cuánto al ver que estabas dispuesta a salir por la puerta. Me he comportado como un idiota, o un canalla, o todo aquello que quieras llamarme. Lo merezco. Cuando me contaste lo de tu padre no supe manejarlo. Me sentía culpable, dolido y traicionado a la vez, y tenía miedo de que siempre me relacionaras con él, de que no fueras capaz de confiar en mí, ni de quererme. Y puede que sea así, pero quiero intentarlo. Quiero tener una relación de verdad contigo. No solo una aventura. Quiero casarme contigo, tener hijos...

A Sierra se le llenaron los ojos de lágrimas.

–No sé si puedo hacerlo. Mi madre amó a mi padre y mira lo que le pasó. Al final, le arruinó la vida, nunca llegó a ser la persona que podía haber sido. Era como una sombra, un fantasma...

–Eso no era amor. El amor aporta, no resta. Eso es lo que quiero creer. Deseo lo mejor para ti, Sierra...

–¿Y que te siga de un hotel a otro? No quiero vivir a tu sombra, Marco.

–Y no es necesario que lo hagas. Podemos hacer que esto funcione. Sé que tu vida en Londres es importante. No voy a pedirte que lo dejes todo para seguir mi camino. Quiero que seas feliz, Sierra, pero quiero que seas feliz a mi lado. Si crees que puedes hacerlo –contuvo la respiración y esperó su respuesta.

–Sí, quiero –dijo ella.

–Sé que he cometido muchos errores. He permitido que el pasado me afectara más de lo que quería. No solo el hecho de que te marcharas, también lo de mi padre. Y... –se calló un instante y contó lo que nunca le había dicho a nadie–. Y mi madre.

–¿Tu madre?

–Se marchó cuando yo tenía diez años –admitió Marco–. Después de que mi padre se marchara intentó salir adelante, pero ser madre soltera en un país tan conservador era muy difícil. Acabó dejándome en un orfanato de Palermo. Dijo que regresaría a por mí, pero nunca volvió.

–Oh, Marco... –Sierra estaba a punto de llorar.

–Me quedé allí hasta los dieciséis años, y después

conseguí trabajo en The Rocci. Intenté no mirar atrás, pero me di cuenta de que era imposible, que el pasado me afectaba todo el rato. Me controlaba. Por eso me tome tan mal que me dejaras plantado. Y por eso tenía miedo de amar a alguien.

Una lágrima rodó por la mejilla de Sierra.

–Yo también he tenido miedo.

Marco le secó la lágrima con delicadeza.

–Entonces, superemos el miedo juntos. Sé que puede ser difícil y que habrá temores y discusiones, pero podremos tener una historia feliz, Sierra. Lo creo. He de creerlo.

Sierra lo miró con los ojos llenos de lágrimas.

–Sí –dijo–. Yo también lo creo –contestó, y se inclinó para besar a Marco, llenándole el corazón de alegría.

Epílogo

Tres años más tarde

Sierra estaba de pie junto a la ventana de su casa de Londres y sonrió al ver que Marco entraba silbando en la casa. Parecía feliz. Y es que, durante los últimos tres años, habían sido felices.

Desde luego, no todo había sido fácil. Marco y ella habían tenido que superar muchos miedos, pero lo habían conseguido. Juntos.

Se habían casado dos años antes y habían decidido pasar el tiempo entre Palermo y Londres. Sierra continuó dando clases de música y durante las vacaciones viajaba con Marco a diferentes hoteles del mundo. El Rocci Los Ángeles había abierto el año anterior y Marco planeaba abrir otro hotel en Montreal, aunque había prometido trabajar menos en los meses siguientes.

–¿Sierra? –la llamó por las escaleras.

–Estoy en el cuarto del bebé.

Marco apareció en la puerta, sonriendo, y se fijó en el vientre abultado de Sierra. Estaban esperando una niña y nacería tres meses después. Una nueva generación, una manera maravillosa de superar el pasado y forjar un futuro juntos.

–¿Te encuentras bien? –preguntó él.

Ella se rio y dijo:

–No tienes que mimarme, Marco.

–Quiero mimarte –la abrazó por detrás y le acarició el vientre. Ella entrelazó los dedos con los de él.

Había tenido que superar los temores del pasado y confiar en Marco. Y él había sido muy paciente y amable con ella. Sierra había tardado unos años en sentirse lo bastante valiente como para formar una familia, para confiar en Marco, no solo con su corazón, sino también con el de sus hijos.

El bebé que estaba en camino había hecho que su matrimonio se fortaleciera. Sierra nunca había vuelto a mirar atrás.

Como si quisiera decir que estaba de acuerdo, el bebé dio una patadita y ambos la sintieron. Marco se rio

–Esa la he notado muy bien.

–Es una niña fuerte –contestó Sierra con una risita, y apoyó la cabeza en el hombro de Marco.

–Igual que su madre –repuso Marco, y la besó.

Bianca

**Su orgulloso y apasionado marido…
la chantajea para que vuelva a su cama**

Cuando el marido siciliano
de Emma descubre que ella
es estéril, su matrimonio se
rompe. Luego, de vuelta en
Inglaterra, Emma descubre
que ha ocurrido lo imposible… ¡está embarazada!
Pero la vida como madre soltera es muy difícil e, incapaz
de pagar las facturas, solo
tiene una opción: Vincenzo.
Ahora que sabe que es pa-
dre, Vincenzo está decidido
a reclamar a su hijo y volver a
Sicilia con él. Pero, si Emma
quiere seguir con el niño, de-
berá volver a sus brazos y a
su cama.

EL HIJO DEL
SICILIANO

SHARON KENDRICK

Atados por el destino
Tracy Wolff

La tórrida noche de pasión que tuvo Nic Durand con una misteriosa belleza debía haber sido tan solo algo temporal, hasta que ella se convirtió en una reportera que amenazó su negocio con un artículo demoledor. Descubrió también que ella estaba embarazada, por lo que Nic decidió que no podía dejarla marchar. Cuidar de su heredero suponía cuidar también de su amante y, posiblemente, perder el corazón…

El magnate de los diamantes había dejado embarazada a su mayor enemiga…

**En la cama para placer del príncipe…
casada por mandato real**

Cuando Holly, una inocente camarera, cae en los brazos de Casper, el príncipe responde a su fama de mujeriego acostándose con ella… y echándola luego de su lado. Holly está embarazada. Casper está furioso. Aunque no es más que una buscavidas, el protocolo real exige que la convierta en su esposa.

La inocente Holly ha conseguido la boda de sus sueños; solo Casper sabe que la primera obligación de su esposa de conveniencia tendrá lugar durante la noche de bodas…

EL PRÍNCIPE Y LA CAMARERA

SARAH MORGAN